फ़रवरी नोट्स

डॉ. पवन विजय मूलत: समाज के अध्येता हैं, जो अपने उत्तर आधुनिक विमर्श के लिए जाने जाते हैं। मानव मन की प्रेमिल अभिव्यक्तियों और मौसमों के सौंदर्य को अपने शब्दों में ढालने वाले डॉ. विजय साहित्यकार होने के साथ-साथ समाजशास्त्री, स्तंभकार, सामजिक कार्यकर्ता और शिक्षाविद भी हैं। जौनपुर के रहने वाले डॉ. विजय की पढ़ाई-लिखाई कानपुर में हुई है और वर्तमान में वह दिल्ली के एक विश्वविद्यालय में भारतीय समाज का अध्यापन करते हैं।

फ़रवरी नोट्स

डॉ. पवन विजय

MANJUL
मंजुल कथाकार
मंजुल पब्लिशिंग हाउस का इम्प्रिंट

MANJUL

मंजुल कथाकार

मंजुल कथाकार, मंजुल पब्लिशिंग हाउस का इम्प्रिंट है

कॉरपोरेट एवं संपादकीय कार्यालय

• द्वितीय तल, उषा प्रीत कॉम्प्लेक्स, 42 मालवीय नगर, भोपाल-462 003

विक्रय एवं विपणन कार्यालय

• सी–16, सेक्टर 3, नोएडा, उत्तर प्रदेश, 201301

वेबसाइट : www.manjulindia.com

वितरण केन्द्र

अहमदाबाद, बेंगलुरू, कोच्चि, कोलकाता, चेन्नई,

हैदराबाद, मुम्बई, नई दिल्ली, पुणे

पूर्व में यह पुस्तक हर्फ़ पब्लिकेशन से प्रकाशित

यह संस्करण मंजुल कथाकार में मंजुल पब्लिशिंग हाउस द्वारा 2025 में प्रकाशित

ISBN 978-93-5543-586-6

टाइपसेटिंग : डीजीअल्ट्राबुक्स प्रा. लि., नई दिल्ली

मुद्रण व जिल्दसाज़ी : गोपसंस पेपर्स प्राइवेट लिमिटेड

भूमिका

बारिशें लौटकर आती हैं, पतझड़ और वसंत लौटकर आता है, ठीक इसी तरह पहला प्यार भी जीवन के किसी-न-किसी मोड़ पर अवश्य लौटकर आता है, चाहे वह स्मृतियों के रूप में हो या सदेह। मन के श्यामपट्ट पर स्नेह के श्वेत अक्षरों में लिखे गए शब्द समय के डस्टर से मिटाए नहीं मिटते। जीवन की आपाधापी में जब वे अक्षर हमारी देहरी पर आकर खड़े होते हैं तो लगता है कि एक बार फिर फ़रवरी ने दिल के द्वार खटखटा दिए हों। मधुमास के नुपुर खनखनाने लगते हैं। घर और दफ़्तर का शोर अतीत की मधुर ध्वनियों में विलीन होने लगता है। उस पार जाने के लिए वर्तमान की खाई के ऊपर पुल बनने लगता हैं। फ़रवरी हर साल आती है लेकिन जिस पर हमने कोई हर्फ़ लिखा है वह फ़रवरी जीवन में एक ही बार आती है। फिर से उसके वासंती पन्नों पर कुछ नोट्स लिखने की कोशिश होती है पर जैसे लिखे को मिटाना मुश्किल है वैसे ही धुंधले हो चुके अक्षरों के ऊपर लिखना भी मुश्किल होता है। *फ़रवरी नोट्स* इन्हीं मुश्किलों – नेह-छोह के सम्बन्धों और मन की छटपटाहटों – की कहानियाँ समेटे हुए है।

यह कहानी उस समय की है जब प्रयागराज इलाहाबाद हुआ करता था, जब फेसबुक अपने शुरुआती दौर में था और नेट से चलने वाले ऐप्लीकेशन्स फोन पर बमुश्किल पाए जाते थे। यह कहानी मेट्रो की है

लेकिन इसमें कस्बाई रंग है। यह कहानी उस समय की है जब चिट्ठियों में प्रेम की गंध बसती थी, यह कहानी उस समय की है जब लोगों की आँखें प्रेम जल से भरी हुई थीं। यह कहानी दो भाव से छलकते हृदयों की है, परिवार की है, ज़िम्मेदारियों की है। यह कहानी मेरी है, यह कहानी आपकी है, यह कहानी हर उस व्यक्ति की है जिसके हृदय में स्पंदन है और स्मृतियों में कोई धुंधली सी याद जो एक निश्छल मुस्कुराहट का कारण बन जाती है।

डॉ. पवन विजय

‘मे आई मेक फ्रेंडशिप विद यू?’

अचानक इनबॉक्स में किसी आरती के नाम का मैसेज देख कर समर चौंका, फिर सहज होकर जवाब दिया, ‘यहाँ फेसबुक पर सभी लोग एक-दूसरे के फ्रेंड ही होते हैं। ज़ुकरबर्ग की डिक्शनरी में फ्रेंडशिप के अलावा कोई और रिश्ता ही नहीं है।’

‘फ्रेंडशिप तो कोई रिश्ता ही नहीं होता।’

‘फिर क्या होता है?’

'फ़्रेंडशिप तो एक दायरा है, स्पेस है, जितना स्पेस आप देते हो दोस्ती उतनी गाढ़ी हो जाती है। धीरे-धीरे ये दायरा बढ़ता जाता है और फिर दो लोगों के बीच सारे सुख-दुःख साझे हो जाते हैं, रिश्ता गहराता है... गाढ़ा हो जाता है, मीठा हो जाता है।' थोड़ी देर के बाद जवाब आया।

'तुम्हारे कहने का मतलब है कि पहले रिश्ता बनाओ, फिर दोस्ती करो!'

'बिलकुल सही समझे, मिस्टर।'

'तुमने तो सारी थ्योरी ही पलट दी।'

'हम तो अइसे ही हैं।' फिर से दो स्माईली।

'अच्छा। इसका मतलब तुमने मुझसे पहले से ही रिश्ता बना रखा है? बाय द वे यह रिश्ता क्या कहलाता है?'

'है ना, पन्द्रह साल पहले से बनाए रखी हूँ, पर स्पेस अभी तक नहीं मिला, पिछले पन्द्रह सालों से मेरी फ़्रेंड रिक्वेस्ट आपके पास पेंडिंग पड़ी है। थोड़ी सी जगह चाहिए मुझे भी आपके जीवन में और रही बात रिश्ते की तो इस रिश्ते की परिभाषा किसी भी दुनियावी शब्दकोश में नहीं है इसलिए मुझे भी नहीं मालूम। बस एक डोर है जिसके एक सिरे पर मैं हूँ और दूसरा सिरा आपके पास है, पर आपको अहसास नहीं।' आरती ने आत्मविश्वास से जवाब दिया।

'देखो, तुम जो भी हो, बिल्कुल फ़र्ज़ी हो। अभी मुझे फेसबुक यूज़ करते पाँच साल भी नहीं हुए, तुम पन्द्रह साल की बात करती हो।' समर ने टाइप किया।

'मुझे पता था कि काग़ज़ में लिखी चिट्ठी आप तक नहीं पहुँचेगी इसलिए मैंने उन्हें लिख हवा में फूँक दिया था। पन्द्रह साल से मेरे अल्फाज़ भटकती रूह बन कभी पत्तों से चिपकते, कभी दीवारों से, आज फेसबुक के इनबॉक्स में चिपक गए हैं।' स्माइली के साथ इनबॉक्स में शब्द उभरे।

'तुमने तो मेरे दिमाग का डब्बा ही गोल कर दिया।'

'ये आपके पुराने लक्षण हैं।' फिर वही स्माइली।

समर चैट करते-करते आरती के फेसबुक के टाइमलाइन पर डिटेल लेने की कोशिश करने लगा। हम्म, लड़की इलाहाबाद की है, शादीशुदा है, दिल्ली में रहती है, पब्लिक स्कूल में पढ़ाती है, शायद यह इलाहाबाद की होगी जो इस तरह से मुझसे बात कर रही है, ज़रूर कोई जानने वाली होगी या किसी दुष्ट दोस्त ने एफ़ एम पर मेरी बैंड बजाने की सुपारी इसे दी होगी।

'क्या देख रहे हैं? अबाउट मी? बोलो-बोलो।'

'हाँ, तुम कोई फ़र्ज़ी एकाउंट होल्डर हो।'

'हा हा हा, फोन से बात करनी है?' आरती ने अपना नंबर इनबॉक्स में भेज दिया।

ओह! अब तो पक्का हो गया कि किसी नालायक दोस्त ने, किसी एफ़ एम रेडियो से मुर्गा बनाने या बैंड बजवाने का पूरा इंतज़ाम कर रखा है, समर ने सोचा फिर हिम्मत कर नंबर डायल किया।

'हेलो! मैं समर बोल रहा हूँ।'

'मे आई मेक फ्रेंडशिप विद यू?' उधर से एक खनकती हुई कविता कृष्णमूर्ति जैसी आवाज़ आई। समर को लगा कि मीठे शहद में थोड़ा-थोड़ा नमक मिले इस स्वर को पहले भी कभी सुना है। उसने तुरंत फोन काट दिया।

'आप बिल्कुल नहीं बदले, बिल्कुल वैसे के वैसे।' स्माइली के साथ यह सन्देश उसके इनबॉक्स में पड़ा था और आरती के चैट बॉक्स की ग्रीन लाइट बंद हो चुकी थी। समर ने फ्रेंड रिक्वेस्ट की लिस्ट देखी तो उसमें आरती की रिक्वेस्ट पड़ी थी। जाने क्यों उसने रिक्वेस्ट को एक्सेप्ट नहीं किया। ऑफ़िस में लंच ख़त्म हो गया था। वह फेसबुक लॉग आउट करके कल होने वाली प्रेज़ेंटेशन की तैयारी में जुट गया।

समर दिल्ली की एक मल्टीनेशनल कम्पनी में काम करता था। थोड़े दिन पहले उसने यह कम्पनी ज्वाइन की। कम्पनी कनॉट प्लेस में थी और वह मॉडल टाउन में रहता था। अभी उसे इलाहाबाद से दिल्ली आए ज़्यादा दिन नहीं हुए लेकिन वह अपनी शेरो-शायरी के कारण ऑफ़िस के साथ-साथ आस-पास भी पहचाना जाने लगा। फेसबुक पर भी उसने अपनी शायरी से अच्छी-ख़ासी चर्चा बटोर रखी थी। यूँ तो तमाम मैसेज उसके पास आया करते थे पर आज का मैसेज उसे अनमना कर गया।

शाम को जब वह ऑफ़िस से घर पहुँचा तो पत्नी ने सूचना दी कि उसकी बहन देहरादून से इलाहाबाद आई हुई है और उसे कुछ दिन के लिए बुलाया है।

'अच्छा मैं कैसे रह पाऊँगा तुम्हारे बिन?' समर ने आँखें नचाकर पूछा।

'देखिए श्रीमानजी, अपनी शादी के दस साल हो गए हैं। अब मेरे बिना रहने की आदत डालो। इधर मैं देख रही हूँ तुमने कुछ ज़्यादा आदत बिगाड़ ली है, सुधर जाओ।' रश्मि ने शरारत से कहा।

'क्या करूँ रश्मि, तुमने ही तो मेरी आदत बिगाड़ी है या सच पूछो तो तुम मेरी आदत बन गई हो। अब अगर तुम कहो तो इस आदत को बदल लेता हूँ पर अगर नई आदत भी तुम्हारे जैसी हुई तो?' समर लगभग हँसता हुआ बोला।

'अजी क्यों नहीं, पर पहले मेरी बात सुनो। मुझे इलाहाबाद जाना है एक हफ्ते के लिए। मेरा रिज़र्वेशन करा दो और कुछ माल-मुद्रा चाहिए, ख़रीदारी करनी है।'

'मतलब एक हफ्ते मुझे व्रत करना पड़ेगा! ख़ैर, तुम मेरा एटीएम कार्ड ले जाओ, जो ख़रीदना है ख़रीदो और उसे अपने पास ही रखना।'

'एटीएम में पैसे हैं भी कि नहीं?'

'अरे बाबा, चेक कर लेना। तुम्हारे काम भर के पैसे तो हैं ही।'

'ठीक है।' जैसे ही रश्मि जाने लगी, समर ने पीछे से आवाज़ लगाई, 'एक मिनट ज़रा बात सुनती जाओ।'

'हाँ, कहो।'

'अच्छा, जाने दो। फिर कभी कहेंगे। सिद्धू कहाँ है?' समर फ्रेंड रिक्वेस्ट वाली बात बताते-बताते रुक गया।

'पार्क में खेलने गया है। आता होगा। आप फ्रेश हो लीजिए तब तक मैं चाय बनाती हूँ' कह कर रश्मि किचन में चाय बनाने चली गई।

रात में प्रेज़ेंटेशन को फ़ाइनल करने के लिए समर ने लैपटॉप खोला तो अनायास ही उसके दिमाग में आरती की फ्रेंड रिक्वेस्ट घूमने लगी। उसने नेट ऑन किया और फेसबुक लॉगइन करके देखा, रिक्वेस्ट पेंडिंग में थी। एक बार उसका जी चाहा कि उसे एक्सेप्ट कर ले फिर जाने क्यों उसने रिक्वेस्ट को पेंडिंग में ही रहने दिया और लैपटॉप ऑफ कर सो गया।

सुबह समर रश्मि को एटीएम देकर ऑफ़िस आ गया। प्रेज़ेंटेशन के दौरान उसका ध्यान पेंडिंग रिक्वेस्ट पर लगा रहा। प्रेज़ेंटेशन के तुरंत बाद बिना लंच किए उसने मैसेज बॉक्स खोला। पहला ही मैसेज आरती का था।

'मैंने परेशान किया, सॉरी। पूरे टाइम तुम मेरे बारे में ही सोचते रहे। है ना?'

'हाँ, पर तुमने अपने बारे में बताया नहीं। तुम इलाहाबाद से हो, यहाँ रोहिणी में रहती हो, किसी स्कूल में पढ़ाती हो, दो बच्चे हैं, तुम्हारे हस्बैंड बिज़नेसमैन हैं पर तुम मेरे बारे में कैसे जानती हो और एकदम पर्सनली बात कर रही हो।' समर ने जल्दी-जल्दी मैसेज टाइप किया।

'अरे, जब पर्सनली जानते हैं तो पर्सनली ही बात करेंगे न?'

'लेकिन मैं तो तुम्हें नहीं जानता।'

'तो इसमें मेरी क्या गलती है?'

'पहेली न बुझाओ। साफ-साफ बताओ नहीं तो मैं तुम्हें ब्लॉक कर दूँगा।'

'कर दो। तुम कितने क्रूर हो, ये मुझे पहले से ही पता है। पन्द्रह साल पहले तुमने रियल लाइफ़ में मुझे ब्लॉक कर दिया था। तब से अब तक मैं ब्लॉक ही हूँ। कभी मेरे बारे में तुम्हें ख़याल आना दूर, ख़याल का भी ख़याल नहीं आया। आई वाज़ ब्लॉक्ड बाए यू, मिस्टर समर।'

'कब किया?'

'जब मैंने तुमसे पूछा था "मे आई मेक फ्रेंडशिप विद यू"। याद करो आज से पन्द्रह साल पहले।'

'ओह, हाँ याद आया। ये शब्द तो आज भी याद हैं मुझे, पर माफ़ करना न तो चेहरा याद है और नाम तो तुमने अपना बताया ही नहीं था, न मैंने पूछा था।' समर ने पुरानी यादों में गोते लगाते हुए लिखा।

'ओह, शुक्र है कि याद तो है... तो मिस्टर अब आपका जवाब क्या है? मुझसे दोस्ती करोगे?'

'लेकिन तुमने तो कहा था कि दोस्ती जैसी चीज़ का अपना कोई स्वतन्त्र अस्तित्व ही नहीं होता है। पहले कोई रिश्ता बनाओ फिर उसमें दोस्ती ढूँढ़ो। जब हमारा तुम्हारा कोई रिश्ता ही नहीं तो दोस्ती होने का सवाल ही नहीं उठता।' समर ने लिखा।

'अरे, गज़ब के आदमी हो। शुरू की चैट देखो। पिछले पन्द्रह सालों से रिश्ता है हमारा। अब मैं उसमें दोस्ती ढूँढ़ रही क्योंकि मुझे पता है कि

इस रिश्ते की जो परिभाषा मैंने दी है वह तुम्हारे शब्दकोश में नहीं है।' उधर से जवाब आया।

'कौन से रिश्ते की बात कर रही हो तुम?' समर का हाथ की बोर्ड पर पहली बार लड़खड़ाया। वह मैसेंजर में कुछ लिख कर डिलीट करने लगा।

'तुम्हारा हाथ लड़खड़ा रहा है, समर बाबू। उस समय तुम्हारी आवाज़ और कदम दोनों लड़खड़ाए थे।'

'अजीब लड़की है, ज़बरदस्ती रिश्ता जोड़ रही। ये जो मेरी लड़खड़ाहट है, यह इस बात का संकेत होती है कि अब संभलने का वक्त है। उस समय भी मैं संभल गया था अब भी संभल जाऊँगा, नहीं तो तमाम लोग बिना लड़खड़ाए ही गिर जाते हैं।'

'समर बाबू, आपने कभी झरने को देखा?'

'हाँ देखा है।'

'कितने सौन्दर्य और गति के साथ नीचे गिरता है। है ना? आपने और आपके समाज ने उठने को बहुत ग्लोरीफ़ाई कर रखा है। आप सभी लोग गिरने के आनंद और सौन्दर्य से हमेशा वंचित रहे। मज़े की बात तो यह है कि इस वंचना को कितना महान और पुण्य का अक्षय स्रोत बनाकर प्रस्तुत किया जाता है। गिरने और उठने को खाँचों में बाँटकर आपने जाने कितने लोगों को उनके इस अधिकार को भोगने नहीं दिया। समर, तुम तो इतने जड़ बुद्धि वाले तो नहीं थे। हाँ याद आया, रहे हो मुझे लेकर, बाकी मैंने तुम्हारे लिखे एक-एक शब्द और उनके अक्षरों को पढ़ा है। दुनिया को रौशनी देने वाले दिए के नीचे कितना अँधेरा है, कितना घना अँधेरा है।'

'आरती! हाँ, यही नाम है न तुम्हारा, सुनो मेरी बात। तुम क्या चाहती हो मुझे नहीं पता या मैं जानना ही नहीं चाहता पर जो मेरे बारे में तुमने अनुमान लगाया, मैं वैसा हूँ नहीं। अगर तुमने मुझे पढ़ा है तो तुम यह महसूस क्यों न कर सकीं?'

'अगर मैंने महसूस न किया होता तो आज ढूँढ़ न पाती और न ही तुमसे बात करने का विश्वास जुटा पाती, मेरे सरकार, लेकिन आप के दिल तक कोई भी बात पहुँचेगी कैसे? आपने तो जैमर लगा रखा है अपने दिल पर और दिमाग के बाहर एक पहरेदार बिठा रखा है। जैमर मेरी बात आपके दिल को छूने से पहले रोक देता है और दिमाग में घुसने की हिम्मत करूँ तो पहरेदार वापस मुझे फेंक देता है। किस विधि मिलना होय? एक बार मुझे अपने दिल में एंट्री दे दो फिर अगर मेरी बात से तुम सहमत न हो तो बेशक निकाल के दूर फेंक देना या मैं ख़ुद-ब-ख़ुद निकल जाऊँगी हमेशा-हमेशा के लिए। बोलो मंज़ूर... अब इतना भी न सोचो ऑफ़र बढ़िया है। तिबारा नहीं मिलेगा।'

इतने में मोबाइल की घंटी बजने लगी। रश्मि कॉल पर थी। 'आज घर जल्दी आ जाना। तुम्हारे ज़्यादा पैसे मैंने ख़र्च नहीं किए। आते हुए कोई एक सब्ज़ी ले आना और साथ में दूध का पैकेट भी। और हाँ सुनो, पाँच मिनट पहले फोन कर देना, चाय चढ़ा दूँगी।'

'ठीक है, कर दूँगा।' कह कर समर ने फोन काट दिया।

'साहब, दफ़्तर बढ़ाने का टैम होइ गवा है।' चपरासी की आवाज़ से समर की मानो तंद्रा टूटी। जल्दी-जल्दी वह टाइप करने लगा, 'देखो अभी मैं चलता हूँ, तुमसे फिर बात करता हूँ बाय।'

'ठीक है, मिलते हैं। मैं इंतज़ार करूँगी।'

'हाँ ठीक। एक बात, प्रोफ़ाइल पिक माधुरी दीक्षित की जगह ख़ुद की लगाओ। ऐसा लगता है जैसे माधुरी से बात कर रहा हूँ।' समर ने जाते-जाते दो स्माइली धर दिए और बिना आरती के जवाब का इंतज़ार किए कंप्यूटर ऑफ कर दिया।

रश्मि ने इलाहाबाद जाने की तैयारी कर ली थी। चाय पीते हुए उसने पूछा, 'मेरा रिज़र्वेशन हो गया?'

'अरे, मैं भूल गया।'

'क्यों? ऑफ़िस में व्यस्तता ज़्यादा थी क्या?'

'हाँ, नहीं... अरे... वो एक उलझन के चक्कर में पड़ गया था। ख़ैर, मैं आज ही तत्काल में करा देता हूँ। तुम चिंता मत करो।'

'मुझे जाने की चिंता नहीं बल्कि मुझे उस उलझन की चिंता है जिसके चक्कर में तुम पड़ गए हो।' रश्मि ने आँखें नचाकर कहा।

'तुम्हारे रहते कोई और उलझन की मजाल क्या जो मेरे पास फटक भी सके, अब तुम जा रही हो तो उलझनें भी आने लगी हैं।'

'मतलब पिटना है।' रश्मि ने समर की पीठ पर एक धौल जमाया।

'इसी अदा पर तो हम निसार हुए जाते हैं, जानेमन।' समर हँसते हुए बोला।

रश्मि भी मुस्कुराते हुए समर को चाय देने लगी। इतने में सिद्धू आ गया और दोनों उसके साथ खेलने लगे।

रात में समर जब रिज़र्वेशन करा रहा था तो न चाहते हुए भी फेसबुक खोल लिया। पहली पोस्ट आरती की थी। प्रोफ़ाइल पिक्चर बदली हुई थी। समर के होठों पर अचानक एक मुस्कान आ गई। जल्दी-जल्दी उसने रश्मि का रिज़र्वेशन कराया और लैपटॉप बंद कर पन्द्रह बरस पुराने भूले-बिसरे नोट्स याद करने की कोशिश करने लगा।

माहे फ़रवरी अपने शबाब पर थी। वह दौर ही ऐसा था, वेलेंटाइन वीक और बसंत का ख़ुमार सिर चढ़ कर बोल रहा था।

'सुनिए!'

समर ने पीछे मुड़कर देखा, सीढ़ियों के पास एक लड़की अपने हाथों में एक कार्ड लेकर खड़ी थी।

समर ने इधर-उधर देखा, फिर कंधे उचका कर वहाँ से जाने लगा।

'मैं आपसे ही कह रही हूँ।' लड़की समर से मुख़ातिब थी।

'हाँ, कहिए।' समर की थोड़ी लड़खड़ाती आवाज़ आई। लगभग सेमेस्टर एंड होने को है। आज तक तो किसी लड़की ने उसे इस तरह रोक कर बात करने की कोशिश नहीं की।

'मे आई मेक फ्रेंडशिप विद यू?' लड़की ने धीमे से कहा।

'क्या!' जाने क्यों समर के पैर काँपने लगे।

'अरे घोंचू, क्या कर रहा? लड़की हाथ में कार्ड और होंठों पर प्रपोज़ल लिए खड़ी है और तू काँप रहा है!' समर का दोस्त उसे डाँटते हुए बोला।

लड़की ने शांत भाव से फिर दोहराया, 'मे आई मेक फ्रेंडशिप विद यू!'

'अभी नहीं एडमिट कर सकता। मुझे थोड़ा समय चाहिए।'

'ठीक है, मैं परसों फिर कॉलेज आऊँगी, आपके पास दो दिन का समय है।' कहकर लड़की अपनी क्लास में चली गई और समर वहीं सीढ़ियों पर धम्म से बैठ गया।

क्लास का टाइम हो गया था।

'अब क्लास में चलोगे या यहीं समाधि ले लोगे, बाबा।' अरुण हिकारत से समर का कंधा झिंझोड़ते हुए बोला, 'जानते हो वो कौन है? कैसे जानोगे, किताबी कीड़े!' अरुण ने फिर समर से ज़लालत भरे शब्दों में कहा।

'मैं तो क्लास लेकर आ रहा था, मैं कैसे जान सकता हूँ?' समर मरियल ज़बान में बोला।

अरुण को उस पर दया आई, उसने उसे उठाया और दोनों क्लास में चले गए।

अगले दिन समर कॉलेज नहीं गया। सारे दिन उसके कान में एक ही आवाज़ गूँजती रही।

'मे आई मेक फ्रेंडशिप विद यू। मे आई मेक फ्रेंडशिप विद यू!'

शाम को अरुण उसके पास आया।

'क्या सोचा?'

'सोचना क्या, पढ़ाई करनी है। तुम मेरी स्थिति तो जानते ही हो।'

'पर फ्रेंड शिप को एडमिट करने में कोई बुराई तो नहीं। वह लड़की बहुत अच्छी है। उसकी आँखों में मैंने तुम्हें देखा उस दिन, उसका दिल नहीं तोड़ना।'

समर सूनी आँखों से अरुण को देखता रहा।

अगले दिन क्लास ख़त्म होने के बाद, समर के कंधे पर एक कोमल हाथ का स्पर्श हुआ। समर ने पीछे मुड़कर देखा तो पाया कि वही लड़की उसके पीछे बैठी थी।

'मे आई मेक फ्रेंडशिप विद यू...?' उसकी बड़ी-बड़ी पनियल आँखों में स्नेह का अथाह सागर हिलोरें मार रहा था। समर का मन हुआ कि वह उसके हाथ को अपनी हथेलियों में कसकर पकड़ ले पर उसने काँपते हुए कहा, 'मुझे पता नहीं कि तुम मुझे क्या समझोगी पर मैं तुम्हारी फ्रेंड शिप को नहीं निभा पाऊँगा, मुझे माफ़ कर देना।'

'आई विल नेवर फॉरगेट एंड फॉरगिव यू।' कहते हुए लड़की सीट से उठी और क्लास से बाहर निकल गई।

समर अपनी जगह जड़वत हो गया, अरुण उसे कोसता रहा।

कुछ समय बाद पता चला कि उस लड़की ने कॉलेज बदल लिया। धीरे-धीरे समर की दुनिया में किताबों के अलावा किसी के लिए जगह नहीं बची।

अगली सुबह समर जब गुनगुनाते हुए बाथरूम से निकला तो रश्मि ने टोक दिया, 'मोगैम्बो बहुत ख़ुश है। क्या बात है, मैं जा रही हूँ इसलिए?'

'ना रे! बस यूँ ही।'

'यूँ ही कुछ नहीं होता। ख़ैर मैं भी जासूस जेम्स बांड से कम नहीं हूँ। पता लगा ही लूँगी, अच्छा ये बताओ मेरा रिज़र्वेशन कब का है?'

'प्रयागराज एक्सप्रेस में तत्काल कोटे से कराया है, रात में नौ बजे निकलेंगे। तुम अब ख़ुश हो जाओ, जेम्स बांड जी।'

'मैं नहीं जाती।'

'अब क्या हुआ?'

'तुम बहुत ख़ुश दिख रहे हो मेरे जाने से।'

'तुम भी ना!' समर ठठा कर हँसा, 'अभी कह रही थी रिज़र्वेशन करा दो, जब करा दिया तो कह रही कि नहीं जाऊँगी। पहले तय कर लो कि क्या करना है और देखो मैं बहुत दुखी हूँ।' वह रोनी सूरत बनाकर आँखें मिचकाने लगा।

'चलो-चलो रहने दो, मैं सब जानती हूँ। आजकल जनाब भाव ही नहीं दे रहे। कोई बात नहीं, इलाहाबाद से आकर सब पता लगाती हूँ।'

'अच्छा जेम्स बांड जी, अब मेरा नाश्ता दे दो। ऑफ़िस के लिए लेट हो रहे हैं।'

समर नाश्ता कर ऑफ़िस चला गया और रश्मि पैकिंग करने लगी। वह ऑफ़िस पहुँच कर सबसे पहले अपने कंप्यूटर की तरफ ही लपका। समर अपने फोन पर फेसबुक नहीं चलाता था, इससे ऑफ़िस के बाद सारा समय घर-परिवार के साथ व्यतीत होता था, पर आज वह अजीब स्थिति में था। इंटरनेट नहीं चल रहा था। बार-बार गूगल क्रोम को रिफ़्रेश करते-करते

किसी तरह समर समय काट रहा था। उसका किसी भी काम में मन नहीं लग रहा था।

'तबियत तो ठीक है, सर?' चपरासी ने उसे चाय देते हुए पूछा।

'हाँ! तबियत को क्या होगा, बस थोड़ा मन अजीब सा हो रहा है।' समर ने जल्दी-जल्दी कहा।

चपरासी चाय देकर चला गया।

समर ने सिस्टम एडमिन को फोन मिलाया तो पता चला कि आज पूरे दिन नेट नहीं चलेगा। समर का मन बैठ गया।

"ये ऑफ़िस का नेट भी... लगता है अब फोन में ही एफबी डाउनलोड करना पड़ेगा," समर ने ख़ुद को समझाया।

'अरे समर बाबू, अनमने से काहे दीख रहे? भऊजी मायके जाए रही का?' लंच करते समय चतुर्वेदी जी ने समर से पूछा।

'अरे तो इसमें अनमना होने की क्या बात, समर बाबू की किस्मत है। एक हम हैं कि बीवी फ़ेविकोल के जोड़ की तरह चिपकी है। मैके जाती ही नहीं।' गहरी साँस लेते हुए शर्मा जी बोले।

'अरे यार, ऐसी बात नहीं। दरअसल मैं ख़ुद ही नहीं समझ पा रहा हूँ कि क्या बात है। बस मन कुछ ठीक सा नहीं लग रहा है।'

'अरे तो चलो हम ठीक करे देते हैं।' चतुर्वेदी गाना बहुत अच्छा गाता था। उसने गाना शुरू किया। *ओ रे मांझी... साजन हैं उस पार, ले चल पार, अबकी बार मोरे साजन हैं उस पार...*

समर के मन में गाने के एक-एक शब्द उतर रहे थे। उसकी आँखें अपने आप बंद होने लगीं।

'समर बाबू! गाना ख़तम हो गया, कहाँ खो गए?' चतुर्वेदी ने समर के कंधे को हिलाते हुए पूछा।

'कुछ नहीं। बस तुम्हारे गाने में ही खो गया था। तुम गाते बहुत अच्छा हो। जी कर रहा था बस सुनते जाएँ, सुनते जाएँ।'

'सो तो है पर हम तो रोज़ ही गाते पर कब्बो आप इस तरह नहीं खोए, लागत हैं भऊजी के ख़यालन में चले गए?'

'चलो, अपना काम करो।' समर ने बात घुमाते हुए कहा। तब तक नेट भी चल गया। जल्दी से उसने फेसबुक लॉग इन किया। आरती का मैसेज पड़ा हुआ था।

'हम बदले तो नहीं?' साथ में दो स्माइली।

'नहीं, बिल्कुल भी नहीं।' समर ने थम्स अप बनाया।

'अरे वाह, मैं तो समझती थी कि तुम कॉलेज में मुझे देखते भी नहीं थे। तुम तो छुपे रुस्तम निकले।' आरती का तुरंत जवाब आया।

'तुम क्या मुझे तड़ रही थीं? इतना इंस्टेंट रिप्लाई।' समर ने भी झट लिखा।

'हम तो जाने कब से तड़ रहे हैं, तुमने ध्यान ही नहीं दिया, बाबूजी। आदत गई नहीं; और एक बात, क्रूरता में भी कोई कमी नहीं आई। कल क्या-क्या कहे जा रहे थे। कोई बात नहीं, हमको तो आपको सुनना है, कुछ भी कहो।'

'लगता है तुम अब बहुत बतोलेबाज़ हो गई हो। अभी मुझे ढेर सारे काम निपटाने हैं।'

'भगा रहे हो?'

'ना सहयोग माँग रहे।'

'तब ठीक। और एक बात, हम केवल वाग्वीर हैं। कभी मिलोगे तो देखना, हमारी बोलती कैसे बंद रहती है।' कहते हुए आरती ने फिर से स्माइली धर दिए और थोड़ी देर में हरी बत्ती बुझ गई।

समर ऑफ़िस का काम निपटाते सोच रहा था कि यह कितनी अजीब लड़की है। क्या यह सचमुच मेरा इंतज़ार पिछले पन्द्रह बरसों से कर रही होगी या मेरे साथ टाइम पास कर रही है। कहीं यह कोई और तो नहीं जो मेरे अतीत के कुछ पन्नों से वाकिफ़ हो और मेरे साथ कोई घटियापन कर रही हो। नहीं, यह नहीं हो सकता। किसी और को मुझसे क्या लेना-देना। अगर यह दिल्ली में ही रहती है तो इससे मिलकर सच्चाई जानी जा सकती है। क्यों ना मैं इससे आज मिलने को बोलूँ और देखूँ कि क्या सचमुच यह आरती ही है।

यह सोचते-सोचते समर के शरीर में एक झुरझुरी सी दौड़ गई। उसने काँपते हाथों से लिखा, 'वुड यू लाइक टू मीट मी?'

उसका मन काम से बिल्कुल उचट गया था। उसकी निगाह एकटक आरती के चैटबॉक्स पर लगी थी। अचानक हरी बत्ती जली और जवाब आया, 'यस! ऑलवेज लाइक टू मीट विद यू।'

समर का दिल ज़ोर से धड़कने लगा।

'वेन्यू?' उसने टाइप किया।

'वेयर यू वांट?'

'तुम रोहिणी रहती हो न?'

'हाँ।'

'पढ़ाने कहाँ जाती हो?'

'डीपीएस मथुरा रोड।'

'ओह ग्रेट! फिर वहीं हुमायूँ टॉम्ब के सामने मिल लेंगे।'

'टॉम्ब के सामने क्यों, अन्दर भी तो जा सकते हैं।' आरती की स्माइली ने आँख दबाई।

'नहीं, नहीं। वहीं सामने मिल लेंगे बस्स।'

'हाँ ठीक है।'

'डन।'

समर ने घड़ी में देखा, अभी दो बजे थे। वह उठा और ऑफ़िस में ही चहलकदमी करने लगा।

'लागत है, बाबूजी के कौनो पुरान कीड़ा काट खाए है!' चतुर्वेदी मुस्कुराते हुए बोला।

समर ने उसकी तरफ गुस्से से देखा लेकिन बोला कुछ नहीं। यह उसकी ख़ास विशेषता थी कि जब उसे कोई बात बुरी लगती थी तो वह रियेक्ट नहीं करता था। सारा गुस्सा उसकी आँखों में उतर आता था।

मेट्रो में बैठे-बैठे समर सोचने लगा कि वह उस लड़की से क्यों मिलने जा रहा है। काफी देर तक वह इस सवाल का जवाब खोजने के प्रयास में लगा रहा पर जवाब नहीं मिला। इसी उधेड़बुन में जंगपुरा मेट्रो स्टेशन आ गया। यहाँ से हुमायूँ टॉम्ब के लिए बैटरी रिक्शा मिलते थे। वह रिक्शा कर जल्दी से मेन गेट पर पहुँचा पर वहाँ उसे कोई भी नहीं दिखा। वह काफी देर तक खड़ा रहा पर आरती नहीं आई। उसके फोन की डायलिंग लिस्ट में अभी भी एक अजनबी नम्बर था जिस पर बार-बार उसकी उँगलियाँ जा रहीं थी पर उसने डायल नहीं किया। कुछ समय बाद उसने मेट्रो स्टेशन के लिए रिक्शा किया और वापस आ गया।

जैसे ही वह मेट्रो में बैठने लगा, उसका फोन बजने लगा। उसने फोन उठाया तो दूसरी तरफ आरती थी।

'यह क्या मज़ाक है।' समर ने गुस्से से पूछा।

'मैं डर गई थी।' आरती का कोमल स्वर उभरा।

'क्यों? क्या मैं कोई राक्षस हूँ क्या!' अबकी समर की आवाज़ में क्रोध गायब था।

'ख़ुद पर विश्वास नहीं था।'

'तुम आई क्यों नहीं?'

'मैं आई थी। बस, तुम्हें देखती रही...'

'मिली क्यों नहीं?'

'तुम्हारे करीब आने के बाद मेरा ख़ुद पर कोई नियन्त्रण न रहता। इसलिए तुमको दूर से ही निहारती रही, पास नहीं आई।'

'आगे से हम अब कभी नहीं मिलने को कहेंगे और न ही मिलेंगे।' यह कहकर समर ने फोन काट दिया। समर के फोन की घंटी बजती रही पर उसने उठाया ही नहीं। आरती उसे लगातार कॉल कर रही थी। अंत में समर ने अपना फोन ही स्विच ऑफ कर दिया।

घर पहुँचते ही रश्मि ने पूछा, 'फोन क्यों ऑफ था तुम्हारा?'

'बैटरी डाउन हो गई थी इसलिए ऑफ कर लिया था। अभी चार्जर पर लगाया।' समर ने धीरे से जवाब दिया।

'अच्छा, खाना खा कर मुझे स्टेशन छोड़ आओ।'

'खाने का मन नहीं।'

'क्यों?'

'बस, मन नहीं है तो नहीं है।'

'क्या हुआ, तुम तो सच में अनमने हो गए?' रश्मि ने हँसते हुए पूछा।

'हाँ।'

'अच्छा तो कल ही आ जाती हूँ।' फिर से रश्मि हँसी।

'आ जाना।'

'सुनो, मेरे न रहने पर तुम पता नहीं कुछ खाओगे-पियोगे या नहीं। कुछ बना लेना या होटल से खाना पैक करवा लेना। मैं फोन करके

पूछूँगी। मुझसे झूठ नहीं बोलना।'

'हम टिफ़िन लगवा लेंगे, तुम बेफ़िक्र रहो!'

'अरे, बीवियाँ बेफ़िक्र कैसे हो सकती हैं! चलो अब खाना खाओ, फिर निकलते हैं।'

रश्मि ने उसका खाना परोस दिया और समर चुपचाप खाना खाकर उसे स्टेशन छोड़ने चल दिया।

रश्मि को आज समर थोड़ा असामान्य सा लगा, जब उससे रहा नहीं गया तो फोन लगा लिया, 'तुम आज भी किसी उलझन में दिख रहे थे।'

'हाँ यार, उस दिन बताया था ना कुछ ऑफ़िशियल प्रॉब्लम है।'

'अच्छा पर इतने अनमने कभी रहे नहीं, यह मेरे लिए नई बात थी। सब ठीक तो है?'

'हाँ, सब ठीक है। तुम आराम से जाओ।' समर ने फोन काट दिया। उसकी आज अजीब सी दशा थी। वह ख़ुद के प्रति इस तरह के बदलते व्यवहार को परिभाषित नहीं कर पा रहा था। उसके दिमाग में आरती के शब्द गूँज रहे थे।

"तुम्हें देखती रही...तुम्हें देखती रही..."

उसे लगा, वह सच में पागल हो जाएगा। वह उठ कर अपनी डायरी और पेन लेकर बैठ गया। दो लाइनें लिखीं, फिर काट दीं। फिर उसने टीवी खोली और न्यूज देखने लगा, उसकी उँगलियाँ बार-बार चैनल

बदल रही थीं। उसने टीवी भी बंद कर दी। न चाहते हुए भी पीसी खोला और नेट ऑन करके फेसबुक मैसेंजर पर आ गया। देखा, आरती के मैसेज पड़े हुए थे।

'मुझे माफ़ कर दो। मेरी हिम्मत नहीं, तुम्हारे पास आने की। अबकी मैं डर गई थी।'

समर ने जवाब में तीन बिंदियाँ और एक क्वेश्चन मार्क टाइप किया और लैपटॉप बंद करके लेट गया। रह-रह कर उसे कभी रश्मि का चेहरा सामने दिखाई पड़ता तो कभी आरती का। दोनों चेहरे एक-दूसरे में गुत्थमगुत्था हो गए। पहचानना मुश्किल कि कौन रश्मि है और कौन आरती। आख़िरकार वह थक कर सो गया।

'लागत है, बाबूजी को रात भर नींद नाहीं आया।' चतुर्वेदी समर के ऑफ़िस आते ही लाल-लाल आँखों को देखकर बोल पड़ा।

'अरे नहीं, कुछ तबियत ही ठीक नहीं।' समर ने अनमनेपन से जवाब दिया।

'ना-ना बाबूजी, ई तबियत-उबियत नाही, कुछ अऊरे बात है। भऊजी कब तक आवेंगी?' आँखें नचाते हुए चतुर्वेदी बोला।

'हफ्ते भर में आ जाएगी पर तुम्हें क्या, अपने काम से काम रखो।' अबकी समर के स्वर तीखे थे।

'हम तो काम से ही काम रख रहे बाबूजी, मुला आपकी चिंता हो रही है।' चतुर्वेदी धीरे से बोला।

समर सीधे अपनी सीट पर जा बैठा और बिना नेट ऑन किए ऑफ लाइन सारे काम निपटाता रहा। मोबाइल पर मैसेज रिंग बजी। उसका ध्यान मोबाइल पर गया, आरती का टेक्स्ट था।

'माफ़ नहीं करोगे? मैं माफ़ी चाहती भी नहीं, मुझे सज़ा दो पर इस तरह से नाराज़ नहीं होना। एक बार फोन से बात कर लो।' समर ने टेक्स्ट पढ़ कर फिर फोन रख दिया और अपना काम पूरा करके लंच करने चला गया। शाम को ऑफ़िस से निकलते समय उसने आरती को फोन मिलाया।

'कहाँ हो?'

'घर जा रहे हैं।'

'मिलो।'

'आपका रूट क्या है?'

'येलो लाइन राजीव चौक से मॉडल टाउन जाता हूँ।'

'ओके, मैं जंगपुरा से मेट्रो लेती हूँ। सेंट्रल सेक्रेटेरिएट पर चेंज कर कश्मीरी गेट तक आपके साथ चलूँगी। आप वहीं आ जाइए।'

'टाइमिंग?'

'पाँच बजे।'

'ओके।'

'आप लेडीज़ वाले डिब्बे के पास रहिएगा।'

'ठीक है, मैं निकल चुका हूँ।'

'ओके, मिलते हैं।'

समर सेंट्रल सेक्रेटेरिएट पर पहले पहुँच गया और वहाँ बनी सीढ़ियों पर बैठकर आरती का इंतज़ार करने लगा।

दो मेट्रो निकलने के बाद तीसरी मेट्रो के लेडीज़ डिब्बे से हल्की नीली साड़ी पहने आरती निकली और उसकी नज़रें इधर-उधर समर को ढूँढ़ने लगीं। समर सीढ़ियों पर बैठे-बैठे आरती को पहचानने की कोशिश कर रहा था। दोनों की नज़रें मिलीं और वो एक-दूसरे को पहचान गए। समर उठा और आरती की ओर आने लगा, पास आकर दोनों रुक गए।

'कैसे हो?' बमुश्किल आरती के गले से आवाज़ आई।

'मैं बिल्कुल ठीक। तुम कैसी?' समर अपनी आवाज़ को संभालते हुए बोला। तब तक मेट्रो आ गई।

'चलो, कश्मीरी गेट तक साथ चलते हैं।' आरती ने कहा।

दोनों मेट्रो में घुस गए। भीड़ ज़्यादा थी, सो खड़े-खड़े ही जाना पड़ा। दोनों इस इंतज़ार में थे कि पहले कौन बोलता है, आख़िर में ख़ामोशी समर ने ही तोड़ी।

'तुम कल मिली क्यों नहीं?'

'बता तो दिया था।'

'तो आज क्यों नहीं डरीं?'

'डरी तो थी मैं, लेकिन इस बात से नहीं कि तुमसे मिलने के बाद मैं ख़ुद पर नियन्त्रण कर पाऊँगी... बल्कि इस बात से कि अगर मैं आज न मिली तो शायद... तुम फिर खो जाओगे। इस डर ने पहले वाले डर को रिप्लेस कर दिया।' आरती ने रुक-रुक कर बात पूरी की।

समर ने कुछ नहीं कहा। बस आरती को देखता रहा। उसके चेहरे पर अब भी वही मासूमियत थी जो उसने पहले दिन देखी थी। उसके दिमाग में वही वाक्य गूँजने लगा... मे आई मेक फ्रेंडशिप विद यू। उसके होंठो पर एक हल्की मुस्कान तैर गई।

'क्यों हँस रहे हो?' आरती ने पूछा।

'बस यूँ ही। कुछ याद सा आ गया।' समर बोला।

'अच्छा, एक बात बताओ!'

'पूछो, एक नहीं दो बात, तीन बात, जितनी भी बात हो... पूछो।'

'एक ही बता दो, काफी है। मेरी रिक्वेस्ट का क्या हुआ?'

'पेंडिंग है।' समर मुस्कुराते हुए बोला।

कश्मीरी गेट आने वाला था। आरती अपना बैग समेटने लगी। 'सुबह कितने बजे जाते हो?'

'नौ से साढ़े चार की ड्यूटी है मैडम, सो आठ बजे तक मेट्रो पकड़ लेते हैं।'

'अच्छा! मेरा भी लगभग यही टाइम है। हम लोग साथ में आ-जा सकते हैं।' आरती ने सीट से उठते-उठते कहा और समर को बाय बोलकर मेट्रो से बाहर आ गई।

समर उसे जाता देख रहा था।

...कहानी फिर उसी मोड़ से शुरू होती है, जहाँ पन्द्रह साल पहले छूटी थी।

शाम को चाय पीते हुए समर ने दो पंक्तियाँ लिखीं...

'गुज़रती शाम छत पर चाँद आकर जब उतरता है

तेरी यादों के जंगल में कहीं चंदन महकता है'

आरती के बालों की ख़ुशबू अभी तक समर का पीछा कर रही थी। समर के अन्दर कई समर लड़ रहे थे और समर उन सबको आपस में लड़ते देख रहा था। आख़िरकार वे सब लड़ कर निढाल हो गए। फिर वह उठा और रश्मि को फोन लगाने लगा। उसका फोन बिज़ी जा रहा था तो वह सोफे पर ही पसर गया। थोड़ी देर में रश्मि का कॉल आया।

'और जनाब कैसी कट रही है?' रश्मि चहकते हुए बोली।

'ठीक ही है, और तुम बताओ, सिद्धू कैसा है?'

'क्या हुआ, तबियत तो ठीक है?'

'हाँ, तबियत ठीक है। बस थोड़ी नींद सी आ गई थी।'

'अरे वाह चैन की नींद ले रहे हो, साहब। ले लो, ले लो। हम भी घूम-घाम रहे हैं। अभी सिविल लाइन्स से आए हैं, थोड़ी ख़रीदारी करके। दिल्ली में तो बड़ी लूट है। इलाहाबाद आख़िर इलाहाबाद ही है। चलो सिद्धू से बात कर लो।'

समर काफी देर बच्चे से बात करता रहा।

सुबह ऑफ़िस आते समय समर कश्मीरी गेट उतर गया। उसका फोन बजने लगा आरती कॉल पर थी।

'कहाँ पहुँचे?'

'कश्मीरी गेट।'

'उतर जाओ, हम भी पहुँच रहे हैं दो मिनट में।'

'हम पहले से उतर गए हैं, तुम आओ।'

थोड़ी देर बाद आरती सीढ़ियों पर आती दिखाई दी।

'ज़्यादा देर इंतज़ार तो नहीं करवाया?' उसने पूछा।

'ज़्यादा नहीं, बस पन्द्रह साल।' कहकर समर हँस पड़ा।

'आओ, मेट्रो आ गई।' आरती बोली।

दोनों मेट्रो के अंदर चले गए।

'तुम दिल्ली कब आईं?' समर ने पूछा।

'टू थाउज़ेंड टेन में। काम-धंधे की तलाश यहाँ खींच लाई। "इनका" बिज़नेस है टैग बनाने का।'

'ये जो "इनका" है, इनका नाम क्या है?' समर फिर हँसा।

'प्रकाश। दो बच्चे भी हैं, विभु और कुहू। मेरे सास-ससुर साथ में ही रहते हैं।'

'अच्छा बाकी कथा शाम को कहते-सुनते हैं। अभी देखो, राजीव चौक आ गया।' कहते हुए समर मेट्रो से उतर गया।

ऑफ़िस जाते ही समर ने चाय का ऑर्डर दिया और अपनी अधूरी ग़ज़ल को गुनगुनाते हुए काम में जुट गया।

'बाबूजी, आप बिल्कुल जेठ की बरसात जैसे हुए जा रहे। पता ही नहीं चलता कि अभी इतनी ज़ोर से बरसात हो रही और अभी थोड़ी देर में एकदम्मे से घाम हो जाएगा।' चतुर्वेदी समर को गुनगुनाते देखकर बोला।

समर हँस पड़ा।

शाम को समर जैसे ही सेंट्रल सेक्रेटेरिएट मेट्रो स्टेशन पहुँचा, देखा आरती पहले से ही वहाँ खड़ी थी।

'आज देर हो गई।' उसे देखते ही आरती ने पूछा और साथ-साथ चलने लगी।

'हाँ, थोड़ी सी हो गई। तुम राजीव चौक आ जातीं। वहीं से साथ निकल लेते।' समर बोला।

'ना, वहाँ बहुत भीड़ रहती है। यहीं से ठीक है और तुम्हारे साथ थोड़ा समय और मिल जाता है।' आरती ने जवाब दिया।

'तुम घर-परिवार के बारे में बता रही थीं।' समर ने सुबह वाली बात छेड़ी।

'हाँ। मैंने तो करीब-करीब बता ही दिया था, अब तुम्हारी बारी है।'

'मेरा क्या, मैं भी काम-धंधे की ही तलाश में यहाँ आया। बीवी और एक बेटा, बाकी सारे लोग इलाहाबाद ऐज़ इट इज़।' समर मुस्कुराते हुए बोला।

'और कुछ?'

'तुम बात करती रहो, धीरे-धीरे सब कुछ पता चल जाएगा।'

दोनों हँसने लगे।

'कश्मीरी गेट आ गया। मैं चलती हूँ।'

'रुकोगी क्या थोड़ी देर?'

'तुम रोक लो तो रुक जाएँगे।'

'हम ज़बरदस्ती तो किसी के साथ नहीं करते।'

'तुम्हारी यह आदत बहुत बुरी है, जो बात मन में है वह ज़बान पर नहीं। चलो उतरो, तुम्हें कुछ खिलाते हैं। वैसे भी घर जाकर खाना बनाओगे, फिर खाओगे।'

'अरे रहने दो, फिर कभी खा लेंगे। तुम यहाँ से मेट्रो बदलोगी इसलिए कहा कि थोड़ी देर रुक जाते।'

'क्यों, घर जल्दी जाना है क्या?'

'नहीं, वो बात नहीं।'

'तो फिर उतरो।' आरती ने मुस्कुराते हुए आदेश दिया।

दोनों मेट्रो से उतर कर सामने *मैकडोनल्ड* रेस्तराँ में चले गए।

'क्या खाना है?' आरती ने पूछा।

'यार, मुझे ये फास्ट फूड अच्छा नहीं लगता।' समर ने सपाट जवाब दिया।

'कभी-कभी के लिए ठीक है। बर्गर और कोल्ड ड्रिंक ले लेते हैं।' आरती ने कहा।

'ठीक, मैं ले आता हूँ।'

'नहीं, तुम सीट का इंतज़ाम करो, मैं लेकर आती हूँ।' आरती ने अपना बैग समर को थमाया और कैश-काउंटर की ओर चली गई।

समर ने एक टेबल पर अपने और आरती के बैग्स रखे और आरती को देखने लगा। वह पर्स हाथ में पकड़े लाइन में लगी हुई थी। आज तक समर ने कभी रश्मि को लाइन में नहीं लगने दिया था। हमेशा वही लाइन में लगकर टोकन और सामान ले आता था। आज उसके खाने के लिए आरती को लाइन में लगा देखकर उसे बड़ी अजीब फ़ीलिंग हो रही थी। बार-बार उसके दिमाग में रश्मि का चेहरा घूमने लगा। उसने टेबल पर सिर टिका लिया।

'फिर खो गए! अबकी मत खोना नहीं तो अब हम नहीं ढूँढ़ेंगे। चलो, बैग एक तरफ करो।' आरती ने आँखें तरेरते हुए कहा।

समर मुस्कुरा पड़ा और दोनों खाने में जुट गए। बर्गर खाते-खाते समर ने कोल्ड ड्रिंक के गिलास को होंठों से लगाया ही था कि उसे कुछ याद आया और वह वापस गिलास टेबल पर रखने लगा।

'क्या हुआ?' आरती ने पूछा।

'कुछ नहीं, एक और गिलास मँगवाते हैं।' समर ने कहा।

'क्यों? ये आपके लिए ही है।'

'तुम कोल्ड ड्रिंक नहीं पीतीं क्या?'

'पीते तो हैं पर कोल्ड ड्रिंक नहीं, असली वाली ड्रिंक।' आरती खिलखिला कर हँस पड़ी।

'यू मीन वाइन?'

'तुम्हारे जाने का ग़म इतना तगड़ा था ज़ालिम, कि कोई और दवा काम ही नहीं कर रही थी।' आरती ज़बान लड़खड़ाने की ऐक्टिंग करते हुए बोली।

उसकी ये हरकत देखकर समर को हँसी आ गई। अचानक उसके गले में ग्रास फँस गया। आरती ने उसे जल्दी से कोल्ड ड्रिंक पिलाई और उसकी पीठ को हाथ से थपथपाने लगी। साँस अटकने की वजह से समर की आँखों में पानी आ गया।

'क्या बात है, हँसते-हँसते रोने लगे!' आरती बची हुई कोल्ड ड्रिंक ख़त्म करते हुए बोली।

'कुछ फँस गया था। अच्छा सुनो! मेरी गिलास में ज़रा सा ही तो कोल्ड ड्रिंक बचा था, तुम्हें और पीना है तो दूसरा ले आऊँ?' टिश्यू नैपकिन से मुँह पोंछते हुए समर ने कहा।

'तुम्हारी जूठी की हुई इस कोल्ड ड्रिंक का मुझे पन्द्रह बरसों से इंतज़ार था, इस टेस्ट को तुम क्या जानो, समर बाबू।' आरती मुस्कुराई।

‘आरती तुम नहीं जानतीं कि... कुछ अलग सी फ़ीलिंग हो रही है जो कि अच्छी है... या ख़राब, कुछ पता नहीं चल पा रहा।’ समर रुक-रुक कर बोला।

‘कुछ सवालों के जवाब ग्रामर और सेंटेंस के सहारे नहीं दिए जा सकते। उनके तौर-तरीके अलग होते हैं जिसे दुनिया के शब्दों से नहीं समझ सकते हैं। दुनियावी तरीके से दुनियावी बातों को ही जाना जा सकता है, मन के मनोभावों को नहीं।’ अबकी आरती के स्वरों में गंभीरता थी।

समर आरती को सुनता रहा, थोड़ी देर में वे रेस्तराँ से बाहर आ गए।

‘अब अलग-अलग दुनिया में जाने के रास्ते अलग-अलग हो रहे हैं, तुम्हारी लाइन रेड और मेरी येलो है।’ समर बोला।

दोनों अपने-अपने रास्ते हो लेते हैं।

‘और साहब क्या मज़े हो रहे हैं?’ रात में रश्मि का फोन आया।

‘क्या मज़े करेंगे, यार, सब ठीक है।’

‘सब ठीक है और वो भी मेरे बगैर?’

‘तभी तो सब ठीक है। अब तुम आओ तो हम लोग एक-दूसरे के नुक्स निकालें। अब तुम हो नहीं तो एक हाथ से ताली कैसे बजे?’ समर ने हँसते हुए कहा।

‘मज़ाक-मज़ाक में तुम बहुत तगड़े तीर मारते हो, त्रिपाठी जी! ख़ैर... खाना-वाना हो गया?’

'हाँ, लेकिन आज टिफ़िन नहीं खाया। मैकडोनल्ड गए थे, वहीं खा-पी लिया।'

'अच्छा! अकेले तो गए नहीं होगे?'

'हाँ, अकेले नहीं थे। एक कॉलेज टाइम का दोस्त मिल गया था। उसी के साथ चले गए थे।'

'चलो, ठीक है। जब तक हम नहीं आते, अपना ख़याल रखो।'

'ओके मैडम, गुड नाइट।'

समर ने फोन रख दिया। यह रात पिछली रात से ज़्यादा भारी थी। वह अपनी पीठ पर आरती के स्पर्श को बड़ी शिद्दत से महसूस कर रहा था। उसे ऐसा लग रहा था कि घर के सारे सामान आरती में तब्दील होते जा रहे हैं और उसे छूने की कोशिश कर रहे हैं और वह कोने में खड़ी रश्मि को लगातार देखे जा रहा है। इसी उधेड़बुन में उसकी नींद लग गई और वह सो गया।

सुबह समर कश्मीरी गेट पहुँचा तो आरती पहले से ही वहाँ खड़ी थी।

'गुड मॉर्निंग, देर तो नहीं हुई?' समर बोला।

'देर तो हुई है, बाबूजी, पर शुक्र है कि आप आ गए।' आरती ने मुस्कुराते हुए कहा।

'आना तो था ही। चलो, मेट्रो आ गई।'

मेट्रो में भीड़ बहुत थी। दोनों खड़े-खड़े बात करने लगे।

'घर जाकर कुछ खाया था या नहीं?' आरती ने पूछा।

'नहीं।'

'क्यों?'

'बर्गर और कोल्ड ड्रिंक काफी हैवी हो गए थे।'

तभी समर का फोन बजा। रश्मि थी कॉल पर।

'...और साहब क्या मस्ती हो रही?'

'मेट्रो में हैं, ऑफ़िस जा रहे हैं।'

'अच्छा, हम लोगों ने आज संगम का प्रोग्राम बनाया है। याद है, कितनी बार भाग कर यहाँ आए हैं?'

'हाँ, याद है।'

'आज बोटिंग करेंगे और मिंटो पार्क घूमेंगे, सिद्धू को किला भी दिखाएँगे। मैंने उसे बताया कि मैं और तुम्हारे पापा यहाँ ख़ूब घूमने आते थे तो बोल रहा था कि हम लोग गंदे हैं अकेले-अकेले घूम लिए, उसे नहीं ले आए साथ में।' कह कर रश्मि हँसने लगी।

'घुमा दो उसे। चलो, मैं तुमसे ऑफ़िस पहुँच कर बात करता हूँ। यहाँ मेट्रो में आवाज़ कट-कट कर आ रही है।'

'ठीक।' रश्मि ने उधर से फोन काट दिया।

'श्रीमती जी का फोन था। शादी से पहले हम लोग संगम घूमने जाते थे, वही मेमोरी शेयर कर रही थीं।' समर ने आरती की ओर देखा और बोला।

'मैं समझ गई थी आपके बात करने के लहजे से ही कि उनके अलावा कोई और हो ही नहीं सकता। आप उन्हें बहुत प्यार करते हैं।' आरती बोली।

'हाँ, प्यार तो करते हैं। इसमें कोई संदेह नहीं।'

'शी इज़ वन ऑफ द लकीयेस्ट वीमेन।'

समर कुछ नहीं बोला।

'आपका स्टेशन आ गया।'

राजीव चौक आने वाला था। समर ने अपना बैग संभाला और आरती को बाय करके नीचे उतर गया। आरती उसे तब तक देखती रही, जब तक वह आँखों से ओझल नहीं हो गया। फिर एक गहरी साँस लेकर उसने अपना सिर सीट से टिका लिया।

दोपहर में समर का फोन बजा। आरती की कॉल आ रही थी।

'बोलो।' समर ने कहा।

'कुछ नहीं, ऐसे ही।' आरती ने धीमे से कहा।

'हो गया, ऐसे ही।' समर हँस पड़ा।

'हाँ, लंच हो गया?'

'अभी तो नहीं।'

'अच्छा कर लेना और टाइम पर सेंट्रल सेक्रेटेरिएट आ जाना।'

'ओके।' उधर से फोन कट गया।

समर अपने अंदर चल रहे अंतर्द्वंद्व को बड़ी शिद्दत से महसूस कर रहा था। क्या सचमुच वह उस दुनिया में जा रहा था जिससे अभी तक उसका साबका टीवी, अख़बार, फिल्मों या लिटरेचर के माध्यम से ही पड़ा था? रश्मि के अलावा, इस तरह से उससे इतने अधिकार के साथ कोई बात कहने का मतलब एकदम स्पष्ट था। आरती की बातों में, उसकी आँखों में, उसके प्रत्येक हाव-भाव में कहीं कोई ऐसी बात ही नहीं थी जो यह एहसास दिलाए कि उसे कोई हिचक है या उसकी दुनिया अलग है या वह अभी दो-तीन दिन पहले उससे मिली है। ऐसा लगता है कि वह जन्मों-जन्मों से उसे जानती है, उस पर अधिकार रखती है। इस अधिकार के आगे समर ख़ुद को बेबस पा रहा है। दुष्यंत बार-बार याद आ रहे थे :

'तू किसी रेल सी गुज़रती है, मैं किसी पुल सा थरथराता हूँ...'

क्या आरती के मन में कोई दुविधा नहीं उसे लेकर? वह तो इतनी रिलैक्स लग रही थी जैसे हाई स्कूल की परीक्षाएँ ख़त्म हो गई हों।

समर सचमुच थरथरा रहा था। उसने अपने माथे को छूकर देखा तो वह गर्म था। फिर चपरासी को चाय के लिए आवाज़ लगाई और काम में लग गया।

शाम को उसे ऑफ़िस से निकलते देर हो गई। उसने आरती को मैसेज किया और कहा कि वह चली जाए, उसे कुछ देर होगी।

'आप आ जाइए, मैं सेंट्रल सेक्रेटेरिएट पर ही मिलूँगी।' जवाब आया।

समर जब स्टेशन पहुँचा तो आरती घुटनों पर सिर रखे सीढ़ियों पर बैठी थी। समर ने उसके सिर पर हौले से एक चपत लगाई।

'तुम गईं क्यों नहीं?'

'कहाँ जाती?'

'अरे अपने घर-द्वार जातीं और कहाँ।'

'वो तो जाना ही है। चलो, मेट्रो आ गई।'

मेट्रो ट्रेन किसी एनाकोंडा जैसे पेट में सैकड़ों आदमियों को भरे हुए लहराती आई और प्लेटफार्म पर इकट्ठे लोग जल्दी-जल्दी अंदर घुसने की कोशिश करने लगे। हिन्दुस्तान के लोगों का बड़ा विचित्र स्वभाव है, घर से हमेशा देर से ही निकलेंगे। मेट्रो पर बार-बार अनाउंस हो रहा था, 'पहले लोगों को उतरने दें' पर कौन सुनता है। सब ठसाठस हुए जा रहे। भीड़ का एक रेला अन्दर से निकलता है और एक रेला बाहर से अन्दर जाने को पिला पड़ा है। ऐसा कि जैसे गंगा-जमुना की लहरें एक-दूसरे से टकरा रही हों।

आरती को दोनों तरफ हाथों से कवर किए हुए, भीड़ से बचा कर समर अंदर ले आया। लोग टूटे पड़े थे। आरती ने घबराकर समर का हाथ कसकर पकड़ लिया। समर को यूँ लगा कि कोई नदी बगावत पर उतर आई है, तटबंध किसी ताल में उगे शैवालों के जैसे हिलने लगे। लहरें बार-बार तट पर अपने पूरे वेग से टकरा रही थीं किन्तु तटबंधों की मर्यादा नहीं टूटी। समर के शरीर का तापमान लगातार बढ़ रहा था। मेट्रो ने अचानक ब्रेक लगाए, समर का हाथ आरती की कमर पर गया। उसने उसे अपनी तरफ खींचा ताकि वह गिरे नहीं लेकिन आरती का सिर समर

के कंधे पर आ गिरा और झटके के साथ उसका जूड़ा खुल गया। समर का चेहरा उसके बालों से ढक गया। ऐसा लगा कि उसके सामने किसी ने ख़ुशबू का छत्ता तोड़ दिया हो। समर का हाथ उसके सिर पर गया और वह एक-एक कर आरती के बालों की लटों को अपने चेहरे से हटाकर उसके कानों के पीछे करता रहा, आरती उसकी शर्ट को मुट्ठी में पकड़ अपना चेहरा उसके कंधे से टिकाए रही।

'अगला स्टेशन कश्मीरी गेट है।' मेट्रो में स्वर गूँजा।

'आरती, तुम्हारा स्टेशन आ गया।' समर ने उसके चेहरे को उँगलियों से ऊपर करते हुए कहा।

'ऊँहू...नहीं उतरना।' आरती ने उसकी उँगलियों को फिर से अपने बालों पर रख दिया।

'तुम्हें देर होगी।' समर थोड़ा पीछे होकर बोला, 'चलो, गेट खुलने वाला है। तुम्हें ऊपर तक छोड़कर आता हूँ।'

आरती की बाँह पकड़े समर उसे लगभग धकेलते हुए गेट के बाहर आया।

'तुम रहने दो, यहीं से चले जाओ, मैं चली जाऊँगी।' आरती ने समर को रोक दिया और तेज़ी से एस्केलेटर पर चढ़ गई।

समर उसे जाते देख रहा था। फिर वहीं सीढ़ियों पर धम्म से बैठ गया। आरती के बालों की महक उसके ज़ेहन में धँसती जा रही थी। उसने अपने कंधे और सीने को छुआ। आरती की साँसें अभी भी उसकी शर्ट से चिपकी हुईं थीं। थोड़ी देर वह होशोहवाश खोकर बुत बना बैठा रहा। फिर उठा और मेट्रो का इंतज़ार करने लगा।

रास्ते भर वह लगभग बेहोश सा रहा। फोन पर मैसेज की घंटी बजी। आरती का टेक्स्ट था, 'मिस यू।'

'मैं भी।' न चाहते हुए उसने टाइप किया फिर फोन ऑफ कर दिया।

रात में उसने जैसे ही फोन ऑन किया, रश्मि का कॉल आया।

'तुम ठीक तो हो न? फोन क्यों ऑफ कर रखा है?' रश्मि ने एक साँस में पूछा।

'चार्जर ले जाना फिर भूल गया था।' समर ने धीमी आवाज़ में कहा।

'ऐ सुनो! तुम ठीक नहीं हो। कुछ तो हुआ है, तबियत कैसी है? तुम्हारी आवाज़ इतनी धीमी क्यों आ रही? ऐसा लग रहा बेहोशी से अभी उठे हो। क्या हुआ बताओ ना?' रश्मि की आवाज़ में चिंता थी।

'अरे, मुझे कुछ नहीं हुआ है। वर्कलोड ज़्यादा है। तुम बेकार में परेशान हो रही हो।'

'वैसे जाने क्यों लग रहा मैं तुमसे नहीं, किसी और से बात कर रही हूँ। ख़ैर सही बताओ, न चल पा रहा हो तो कल ही आ जाऊँगी।'

'नहीं-नहीं, तुम आराम से एन्जॉय करो। वहाँ गई हो तो बेफ़िक्र होकर रहो। मैं बिल्कुल ठीक हूँ। तुम सिद्धू का ख़याल रखना।'

'वो तो बहुत मस्त है।'

'चलो ठीक, मैं थका हूँ, खाना ऑफ़िस में ही खा लिया था। अब आराम करूँगा।'

'ओके, गुड नाइट!'

'गुड नाइट!'

फोन रखने के बाद समर ने इनबॉक्स चेक किया तो आरती का मैसेज था, 'आई एडमिट यू, मिस्टर समर।'

समर ने कुछ खाया नहीं था। उसे समय पर न खाने से सिर में दर्द होना शुरू हो जाता है। वह उठा और कुछ खाने-पीने की चीज़ें ढूँढ़ने लगा। रश्मि उसके लिए लड्डू बनाकर गई थी। उसने दो लड्डू खाए और दूध के साथ सेरेडॉन की एक गोली लेकर बिस्तर पर पड़ गया।

यह गलत है जो हो रहा, सब गलत है, यह रश्मि के साथ चीटिंग है। मैं उसे प्यार करता हूँ, सिर्फ उसी से। मैंने आरती को रोका क्यों नहीं। इतना कमज़ोर क्यों हो गया था। ऐसे तो सब कुछ टूट कर बिखर जाएगा। सीमा रेखा तो खींचनी ही होगी। अब मैं उसे रोकूँगा और ख़ुद को भी। आज उससे कह दूँगा कि उसके और मेरे रास्ते अलग-अलग हैं।

कश्मीरी गेट पर आरती मौजूद थी। हल्का आसमानी रंग का सूट उस पर बहुत फब रहा था। उसने समर की तरफ देखा और मुस्कुरा दी।

'आरती, मुझे तुमसे कुछ ज़रूरी बात करनी है।' समर गंभीर स्वर में बोला।

'मुझे पता है कि क्या बात करनी है।'

'नहीं सीरियसली, मुझे तुमसे कुछ कहना है।'

'तो मेट्रो में कह देना। देखो, अभी देर हो रही है और हाँ, कल के लिए माफ़ी माँगने का मन तो नहीं फिर भी तुम्हारी तसल्ली के लिए माँग लेती हूँ।'

'नहीं माफ़ी मत माँगो, वह एक्सीडेंटल था।'

'नहीं, मैं एडमिट करती हूँ कि हमारी सहमति थी। तुम चीज़ों को इतना कॉम्प्लेक्स क्यों करते हो। तुम कहोगे कि यह सब गलत है, हमें ये सब नहीं करना चाहिए, हमारा परिवार है, यही सब तो तुम्हारे मन में पन्द्रह साल पहले था, आज भी है। एक काम करो, अगर तुम्हें जाना है तो जाओ। मैं तुम्हारे साथ नहीं जाऊँगी। तुम चले जाओ पर एक बात जो मैं जानती हूँ कि...' कहते-कहते आरती चुप हो गई।

'क्या जानती हो?' समर ने धीमे से पूछा।

'मेट्रो आ गई है, तुम जाओ, मैं नहीं जाऊँगी तुम्हारे साथ।'

समर चुपचाप मेट्रो के अंदर चला गया। आरती ने अपना मुँह दुपट्टे में छुपा लिया।

दोपहर में जब आरती क्लास लेकर अपने स्टाफ रूम में आई तो देखा समर की मिस्ड कॉल पड़ी थी।

उसने कॉल बैक की।

'हाँ, बोलो।' आरती ने कहा।

'तुम हाफ डे ले सकती हो?' उधर से समर की आवाज़ आई।

‘तुम कहो तो नौकरी छोड़ दें, सोसाइटी छोड़ दें, दुनिया छोड़ दें, एक बार कह कर तो देखो न।’ आरती ने चहकते हुए कहा।

‘नहीं, तुम सिर्फ हाफ डे लो और हुमायूँ टॉम्ब पर मिलो।’

‘जी, साब। बस अभी आई।’ कहकर आरती ने लंच का डिब्बा बैग में रखा और हाफ डे लीव फॉर्म भर कर इंचार्ज को दिया। भागकर रिक्शा किया और हुमायूँ टॉम्ब के गेट पर खड़ी हो गई।

थोड़ी देर में समर आता हुआ दिखाई दिया। आरती का मन हुआ कि दौड़कर उसे कसकर गले से लगा ले पर उसने अपने को नियंत्रित किया और बोली, ‘तो मुझे यहाँ क्यों बुलाया गया है?’

‘चलो अंदर, वहाँ आराम से बैठकर बताएँगे।’

समर ने दो टिकट लिए और दोनों अंदर जाकर घास पर बैठ गए।

‘खाना खाया है कि नहीं?’ आरती ने पूछा।

‘नहीं।’

‘तो पहले खाना खाते हैं।’ उसने अपना लंच बॉक्स निकाला और समर के सामने रख दिया।

‘खाओ! मैंने बनाया है।’

समर ने देखा, उसमें दो चपाती और ज़रा सी सब्ज़ी और सलाद था।

‘तुम क्या खाओगी?’ उसने मासूमियत से पूछा।

‘देखो, हम तो डाइटिंग पर हैं और ये देखो हमारा खाना।’ आरती बैग से एक सेब निकालते हुए बोली।

समर ने एक रोटी उठाई और सब्ज़ी से लगाकर खा गया।

'दूसरी वाली किसके लिए छोड़ दी?' आरती सेब खाते हुए बोली।

'तुम्हारे लिए।'

'ना, वो भी खाओ।'

'नहीं यार, फिर तुम भूखी रह जाओगी।'

आरती ने रोटी उठाई और समर को खिलाते हुए बोली, 'चलो खाओ!'

समर ने कोई प्रतिरोध नहीं किया।

'अच्छा, तुम कुछ कहने वाले थे मुझसे।'

'अब नहीं कहना।'

आरती समर के एकदम करीब आ गई। उसके कंधे से अपना सिर टिका कर उसकी हथेली में अपना हाथ रख दिया। उसने धीमे से कहा, 'अब कह दो समर, जो भी कहना।'

समर ने उसकी हथेलियों को अपने दोनों हाथों से कसकर पकड़ लिया और बोला, 'आरती, तुम मुझे छोड़कर चली जाओ।'

आरती मुस्कुराई और बोली, 'इतनी कस कर पकड़े हो और कहते हो कि मैं चली जाऊँ! यह कैसे हो सकता है, समर।'

समर ने आरती के कंधों को पकड़ कर उसे और करीब खींचा। उसके गालों को अपने हथेलियों में भरकर पूछा, 'क्यों?'

'मेरे पास इसका जवाब नहीं। इस क्यों का किसी के पास कोई जवाब नहीं। मुझसे सवाल मत किया करो, समर। मुझसे बहुत सारे सवाल किए

जाते हैं, घर में भी और घर से बाहर भी। थोड़ी स्वार्थी हूँ। तुम्हारे पास आने में मैं किसी सवाल से नहीं गुज़रना चाहती। मेरे...' कहते-कहते आरती रुक गई।

समर ने उसकी आँखों में झाँका। फिर पूछा, 'मेरे... रुक क्यों गई, कहो ना।'

'मेरे तुम...' कहते-कहते आरती समर के सीने से लग गई। समर ने उसका चेहरा उठाया और उसके माथे पर अपने होंठ रख दिए।

'आई एडमिट यू, आरती।'

'एंड आई लव यू...' आरती की आँखों की बरसात में समर भीग गया। दोनों एक-दूसरे को बाहों में भरकर समय की पन्द्रह साल की खाई को भर देना चाहते थे। आरती कुछ कहना चाहती थी, समर ने उसके होंठों पर अपनी उँगली रख दी।

'कुछ मत कहो, बस महसूस करो जो हो रहा है और इसे समेट लो। हमारे जीवन का यही आधार है। मैंने सोचा था कि आज के बाद शायद हम नहीं मिलेंगे और मिलेंगे तो अपनी-अपनी सीमारेखा के साथ, पर मुझसे हो नहीं पाया। तुम्हारे जाने के बाद, मैं अपने को रोक नहीं पाया। सारी बातें एक तरफ रह गईं...'

आरती ने भी समर के होठों पर अपनी उँगली रख दी। उनके बीच मौन संवाद कर रहा था। सारे गिले-शिकवे, दुःख-सुख सबका प्रवाह एक की धड़कन से दूसरे की धड़कन तक जा रहा था पर वे चुप थे।

'आरती...' समर ने धीरे से पुकारा।

'हूँ...' आँखें बंद किए हुए उसके सीने से लगे-लगे आरती ने प्रत्युत्तर दिया।

'साँझ हो गई।'

'मालूम।'

'जाना होगा।'

'अब नहीं। अब कहीं नहीं जाने दूँगी।'

'अरे पागल, अब कहीं नहीं जाएँगे पर अभी हमें अपने ठिकाने पर तो जाना ही होगा, चलो अब।' समर ने मुस्कुराते हुए कहा।

'सुनो! मुझसे ये ख़ुमारी बर्दाश्त नहीं हो रही। मैं न जा पाऊँगी मेट्रो में, कहीं गिर जाऊँगी। तुम ऑटो करके मुझे घर तक छोड़कर आओगे। इसी बहाने थोड़ी देर और हम साथ में रह लेंगे।'

समर कुछ नहीं बोला। हालत उसकी भी ख़राब थी पर वह स्वयं को कंट्रोल किए हुए था। उसने एक ऑटो वाले को आवाज़ दी। रास्ते भर आरती समर की बाहों में सिमटी रही।

'सेक्टर नाइन आ गया?'

'हाँ, बस आगे ही है।'

'ठीक, मुझे यहीं उतार दो।'

समर कुछ नहीं बोला। बस आरती के हाथों को अपने हाथों से अलग होते देख रहा था। आरती ने अपने को समेटा और गली के अंदर गुम हो गई।

रात में रश्मि का फोन नहीं आया।

समर ने अपनी डायरी में लिखा-

'गंगा में कर दिया प्रवाहित पुण्यों की बोझिल गठरी,

लो मैं साझीदार हुआ हूँ आज तुम्हारे पापों में'

अलस्सुबह रश्मि का फोन आया।

'हाँ, इतनी सुबह, सब ठीक तो है न?' समर ने आँखें मलते हुए पूछा।

'यार, एक ख्वाब देखा। कोई मेरा गला दबा रहा है और मैं चिल्लाना चाहती हूँ, मेरी आवाज़ निकल ही नहीं रही और तुम दूर खड़े होकर देख रहे हो। एकदम्म सुबह-सुबह देखा। सब कहते कि भोर का सपना सच होता है। घबराहट में मेरी नींद खुल गई और तुम्हें मैंने फोन किया।'

'कभी-कभी हाथ सीने पर रखकर सोने से ऐसे सपने आते हैं। अब सो जाओ, आराम से उठना।' समर ने कहा।

'अब क्या सोऊँगी। यार, तुम्हारी बहुत याद आती है। बिना तुम्हारी बाहों के मुझे नींद कहाँ आती है। चलो, अच्छा तुम सो जाओ। अभी पाँच ही बजे तुम्हें ऑफ़िस जाना होगा। दिन में फोन करूँगी।'

'हाँ ठीक।'

फोन डिसकनेक्ट हो गया पर समर की आँखों से नींद गायब थी। उसने सोने की कोशिश की पर ढाक के तीन पात। फिर उसने लैपटॉप

खोला और ऑफ़िस की फ़ाइलें देखने लगा। थोड़ी देर में उसकी आँखें बोझिल होने लगीं और वह एक तरफ पसर गया।

फोन लगातार बज रहा था।

समर ने आँखें बंद किए हुए ही फोन उठाया।

'हेलो, कौन?'

'हे भगवान, कांटेक्ट डिलीट कर दिया क्या? पहचान भी नहीं रहे, मैं आरती बोल रही हूँ। कहाँ हो?'

समर चौंका।

'अरे बाप रे, आज तो मारे गए।'

'क्या हुआ?'

'तुम अभी फोन रखो। अभी हम सो ही रहे थे।'

'मैं वेट कर रही थी।'

'अभी तुम निकलो, मुझे देर लगेगी। शाम को मिलेंगे।' कहकर समर ने फोन काट दिया।

आरती भी भौंचक सी रह गई। पहले उसने सोचा कि फिर से फोन करे पर उसने नहीं किया और सीधे मेट्रो में घुस गई।

समर जल्दी-जल्दी तैयार हुआ और ऑफ़िस लेट पहुँचा। आज उसे कई असाइनमेंट निपटाने थे। उन्हें निपटाते-निपटाते शाम हो गई। शाम को आरती का फोन आया।

'कहाँ हो?'

'अभी तो ऑफ़िस में ही हूँ।'

'क्यों?'

'आज लेट हो गया था और ढेर सारे असाइनमेंट बनाने हैं। मुझे लगता है कि नौ बजे से पहले निकल नहीं पाएँगे।'

'लग गई नज़र।' आरती ने बुझे स्वर में कहा।

'किसकी नज़र? बस आज साथ नहीं जा पाएँगे।'

'वो तो पता चल गया। ख़ैर, तुम काम करो। तुम मिल ही गए हो तो कभी-न-कभी तो मुलाकात होगी ही। वैसे हम बहुत ख़ुश हैं।'

'सच में, बिना वजह के ख़ुश हैं हम भी। चलो, कल मिलते हैं।'

'ठीक।' कहकर आरती ने फोन काट दिया।

तकरीबन दस बजे समर ऑफ़िस से निकला। रास्ते में उसने रश्मि को फोन मिलाया।

'तुम्हें पता, आज मैं तुमसे बात करने के बाद लैपटॉप पर काम करने लगा और काम करते-करते वहीं लुढ़क गया और सो गया।'

'अच्छा रात में जगे थे क्या? ओये होये, हमारी याद में कहाँ सो सकते हो।' रश्मि हँसने लगी।

'पता नहीं यार, ऐसे तो कभी न सोए। एक ख्वाब मैंने भी देखा।' समर बोला।

'कौन सा ख्वाब?'

'मैं जैसे अपने गाँव में पहुँच गया... वहाँ भागा जा रहा हूँ... कच्चे मेड़ों पर फिसलते हुए भीगती धूप और हल्की होती बरसात में सनी हुई शाम के पीछे... पकड़ना चाहता हूँ... शाम पास की झाड़ियों में छुप जाती है... मैं ज़ोर से उसे टीप मारना चाहता हूँ... फिर भागता हूँ... शाम लड़की बनकर हँसती है मुझ पर। आसमान से इन्द्रधनुष के फूल झरते हैं। फूलों को बटोर कर गाँव के ताल में सिरा देता हूँ... शाम ताल को चूम लेती... ताल लजाधुर ब्याहता हो जाता है। टिमटिमाती शाम में धान लगा कर वापिस आती मजदूर स्त्रियाँ गा रहीं... उनके मटियारी गीतों को सुनने ठहर जाता हूँ। तब तक शाम छप्परों और खपरैलों पर चढ़ कर रात को आवाज़ देती है। सपने में ही लालटेन की लौ से मिट्टी के तेल की गंध मेरे नथुनों में भर जाती है... अचानक बादल की बूंदाबादी होने लगी। लालटेन का शीशा भीगता... झर झर झर... छतों की कोरों से पानी गिरने लगा... फिर कहीं से मानस का पाठ सुनाई दे रहा... स्वर और तेज़ हो जाते हैं... *घन घमंड नभ गरजत घोरा, प्रिया हीन डरपत मन मोरा...*' कहते-कहते समर की आवाज़ भारी होने लगी। उसका गला भर आया।

'सुनो! जब से मैं यहाँ आई हूँ, तुम कुछ ठीक से नहीं लग रहे हो। मैं कल आ रही हूँ। मैं अब नहीं रुकूँगी।' रश्मि गंभीर होते हुए बोली।

'कुछ नहीं यार, मैं अकेले कभी रहा नहीं हूँ। बस बचपन की सब बातें याद आती रहीं। तुम चिंता मत करो। रोज़-रोज़ जाना नहीं होता है न। मैं बिल्कुल ठीक हूँ। बस नॉस्टैल्जिया सा हो जाता है...' समर संयत होकर बुदबुदाया।

'ये बात तो है पर जाने क्यों लगता, कुछ और भी हो रहा है। ख़ैर, चलो ठीक है अपना ख़याल रखना।' उधर से फोन डिस्कनेक्ट हो गया।

रास्ते में ही समर ने खाने का ऑर्डर कर दिया। घर पहुँचकर उसने खाना खाया और फिर म्यूज़िक लगाकर रात तक सुनता रहा।

अगले दिन आसमान में बादल छाए थे। समर का फेवरेट मौसम बरसात ही है। उसने बहुत दिन बाद अपनी बाइक निकाली। बारिश के समय बाइक चलाना उसका प्रिय शगल हुआ करता है। आसमान नीले से काले रंग में तब्दील हो रहा था। उसने फोन निकाला और आरती को मिलाया।

'आज मैं मेट्रो से नहीं बल्कि मोटरसाइकिल से ऑफ़िस जा रहा हूँ।'

'बाहर आऊँ क्या?'

'नहीं, अभी नहीं। शाम को मैं फोन करता हूँ।'

'ठीक, मैं इंतज़ार करूँगी।'

समर के ऑफ़िस में आज कुछ ख़ास काम नहीं था। उसने अपना फेसबुक अपडेट किया।

'कहाँ ले जाएगी ये इश्क़ की दीवानगी हमको,

बरसते बादलों की प्यास दरिया कब समझता है।'

थोड़ी देर बाद उस पर आरती का कमेंट आया :

'हमारा हाल क्या होगा हमें मालूम है फिर भी

तेरे ही नाम से काफ़िर ये पागल दिल धड़कता है।'

समर ने पढ़ा और उस कमेंट को डिलीट कर दिया। फिर उसने आरती को फोन मिलाया लेकिन फोन पिक नहीं हुआ। थोड़ी देर बाद आरती का फोन आया।

'तुमने मेरा कमेंट क्यों हटाया? तुम्हारी पोस्ट पब्लिक है उस पर मैं बिना तुम्हारी फेसबुक फ्रेंड होकर भी तो कमेंट कर सकती हूँ।' उसके स्वर में नाराज़गी थी।

'तुम तो यार छुपी रुस्तम निकलीं, मुझे बताया नहीं कि तुम भी लिखती हो। क्या शानदार पंक्तियाँ लिखीं।'

'नहीं? पहले बताओ क्यों?'

'आरती, तुमने पहले कहा था कि हम इस क्यों को अपने बीच में नहीं लाएँगे।'

आरती कुछ नहीं बोली।

'अच्छा, नाराज़ नहीं हो। शॉर्ट लीव ले लेना। मैं जंगपुरा ही आ जाऊँगा। फिर साथ चलेंगे।'

'कितने बजे?'

'करेक्ट तीन बजे मैं डीपीएस आ जाऊँगा।'

'अच्छा, मैं इंतज़ार करूँगी।'

ठीक तीन बजे समर डीपीएस पर आ गया। आरती पहले ही दरवाज़े से बाहर निकल आई थी। समर ने बाइक अक्षरधाम मंदिर की तरफ मोड़ दी।

'मुझे बरसात का मौसम बेहद पसंद है।'

'मुझे भी।'

'कुछ खाने को है?'

'है ना, बहुत कुछ है। वेज खाने का मन है या नॉनवेज?'

'अरे, नॉनवेज तो मैं खाता नहीं। तुम खाती हो क्या?'

'ना पर आज मन कर रहा नॉनवेज खाने का।' आरती ने चिढ़ाया।

'ऐसा है, तुम्हें केएफसी छोड़कर हम घर चले जाएँगे। तुम आराम से खाना।'

'तुम चिढ़कू हो। तुम्हें चिढ़ाने में मज़ा आता है। मैं नॉनवेज नहीं खाती पर अंडे खा लेती हूँ।' आरती ज़ोर से हँस पड़ी।

'तुम धर्म भ्रष्ट करोगी मेरा।'

'सुनो न! ये दिमाग को कहो कुछ समय के लिए चुप हो जाए। मुझे तुम्हारी धड़कनों से बात करनी है।' आरती ने समर की कमर के गिर्द अपनी बाहें लपेट दीं।

समर ने गियर बदला और बाइक तेज़ी से दौड़ने लगी।

अक्षरधाम मंदिर बहुत सुंदर जगह है। सुकून, शांति और खाना तीनों यहाँ उपलब्ध है। दोनों दर्शन के बाद म्यूज़िकल फाउंटेन के किनारे बैठ गए।

समर आरती की गोद में सिर रखकर लेट गया और वह कभी उसके माथे पर तो कभी उसके बालों पर हाथ फिराती रही। दोनों ख़ामोश थे।

'आरती।'

'हूँ।'

'आई लव यू।' समर ने उसकी हथेलियों को अपने सीने पर रखते हुए कहा।

आसमान के बादल आरती की आँखों से बरसने लगे।

'चलो, कुछ खाते हैं।' थोड़ी देर बाद समर बोला।

'थोड़ी देर और मुझे देखने दो तुम्हें इतने करीब से।'

समर ने मुस्कुराकर आरती का दुपट्टा खींचा और अपने चेहरे पर डाल लिया।

थोड़ी देर बाद वह उठा और आरती का हाथ पकड़ कर उठाने लगा, 'चलो, खाना खाते हैं। टाइम भी हो रहा है।'

'ये टाइम इतनी जल्दी क्यों निकल जाता है?'

'आइन्स्टाइन का सापेक्षिता सिद्धांत पढ़ा है?'

'नहीं, जॉन कीट्स को पढ़ा है, *ओड टू नाइटिंगेल*।'

'वो तो हमने भी पढ़ा है। हम लोगों ने इंग्लिश लिटरेचर पढ़ाने वाले मास्टर साहब का नाम लीथवार्ड रख दिया था।' समर हँसने लगा।

'क्यों?'

'*ओड टू नाइटिंगेल* में जॉन कीट्स जिस नदी का जिक्र करता है, उसका ही नाम लीथवार्ड था। हमारे मास्टर साहब बड़ी ज़ोर लगाकर ली...थवार्ड बोलते थे।' समर और ज़ोर हँसने लगा।

आरती भी मुस्कुराने लगी।

'सुनो! आज से तुम मेरे नील हो। नीले आसमान से, विशाल नीले समंदर से भी गहरे।' समर के गले में आरती ने बाहें डाल दीं।

खाना खाने के बाद समर ने कहा, 'चलो मैं तुम्हें घर छोड़ आऊँ।'

'नहीं, अभी मुझे यमुना को बारिश में भीगते दिखाने चलो। देखो बारिश होने ही वाली है।' आरती बाइक पर बैठते हुए बोली।

'घर पर क्या कहोगी?'

'कह दूँगी कुछ भी। कोई भी झूठ।'

'पर तुम तो झूठ बोलती नहीं।' समर ने बाइक को यमुना के कछार की तरफ मोड़ते हुए कहा।

'मैं केवल इतना जानती हूँ कि मेरा सच तुम हो।' आरती ने समर की कमर पर फिर से अपने हाथ रख लिए।

समर पुलक उठा।

बारिश हल्की-हल्की होने लगी। यमुना किनारे पहुँच कर दोनों एक पेड़ के नीचे खड़े हो गए।

'देखो, यमुना कितनी शापित है। कालिया नाग द्वापर से वापस इस युग में आ गया है।' समर ने यमुना के झाग को देखते हुए कहा।

'यमुना का कृष्ण उसे छोड़कर चला गया ना इसलिए। अगर कृष्ण होते तो कालिंदी इस तरह कभी न होती, नील। तुम मुझे छोड़ के तो नहीं जाओगे, नहीं तो मेरी भी दशा ऐसी होगी।' आरती समर के वक्ष पर अपनी उँगलियाँ फिराते हुए बोली।

'नहीं, कभी नहीं।' समर ने उसे अपनी बाहों में भरते हुए बोला।

बारिश होती रही, यमुना भीगती रही।

'यहाँ स्युसाइड तो नहीं करने आए आप लोग?' जाने कहाँ से एक पुलिसवाला आ धमका।

'नहीं, क्यों? हम तो यहाँ घूमने आए हैं।' समर बोला।

'यहाँ आए दिन लड़के-लड़कियाँ आकर हम लोगों की आफत करते हैं। यहाँ लूटपाट और क्राइम ज़्यादा होता है। आप लोग हसबेंड-वाइफ लगते हैं।'

'लगते क्या, हैं ही। कपल माने बिना शादी वाले ही लोग होते हैं क्या?' आरती गुस्से में बोली।

'अरे नहीं, मैडम। ज़माना उल्टा हो गया है। आप लोग घर में ज़्यादा सेफ़ हो।'

'आप पुलिसवाले होकर ऐसी बात करते हो?' समर बोला।

'हकीकत बता रहा हूँ। बाकी आपकी मर्ज़ी।'

'चलो, नील! इन लोगों का वश बदमाशों पर नहीं चलता। बस हम जैसों को ही ये उपदेश देंगे।' कहते हुए आरती ने समर को बाइक स्टार्ट करने को कहा।

पूरब में घुमड़ते बादल गहराते जा रहे थे। यमुना का कछार अभी ख़त्म नहीं हुआ था कि हल्की-हल्की बूंदें तेज़ बहती हवाओं के साथ समर के चेहरे पर पड़ने लगीं। बाइक की रफ्तार तेज़ थी। आरती के

काले बाल खुलकर हवा में लहराने लगे। एक्सीलेटर पर दबाव बढ़ाने के अनुपात में ही समर की कमर पर आरती की बाहों की कसावट बढ़ती जा रही थी। कछार पीछे छूट गया, सामने सागौन के दरख्त सड़क के दोनों तरफ हवाओं में झूमते नज़र आए। बाइक सड़क पर फर्राटा भर रही थी। अब तक समर सिर से लेकर पैर तक भीग चुका था। ठंडी हवाएँ बदन को छूकर बरफ बनाने पर तुली थीं पर आरती की धड़कनों की गर्माहट से उनका मकसद बार-बार असफल हो जाता। आख़िर बादलों के सब्र का पैमाना छलक पड़ा। ज़ोर से बिजली कौंधी और बारिश तेज़ हो गई।

समर के कानों में हल्की आवाज़ आई, 'बाइक रोक लो, फिसलने का डर है।'

उसने पीछे मुँह कर कहा, 'अब भी फिसलने का डर है तुम्हें।'

आरती ने मुस्कुरा कर सिर समर की पीठ पर टिका लिया। बाइक अपनी रफ्तार से भागती रही। घुप्प अँधेरा सा छा गया। सड़क पानी से भर गई। समर बाइक को पहली गियर में डाल, कभी एक्सेलेटर लेते हुए, कभी पैर नीचे टिकाते हुए संभाल कर चलाने लगा। आरती उससे लता सी लिपटी, कभी अपने गीले बालों को पीछे कर रही थी, कभी अपने मुँह से पानी हटा रही थी, कभी समर के मुँह से पानी साफ कर रही थी। उसके गीले-गीले गेसुओं को देखकर समर ने एक शेर कहा,

'बरसात का मज़ा तेरे गेसू दिखा गए,

अक्स आसमान पर जो पड़ा अब्र छा गए।'

आरती ने उसकी पीठ में एक चिकोटी काट ली। वह हँसने लगा।

'बस सर, आराम करने का मन है। कई दिनों से बोझिल महसूस कर रहे थे।'

'ठीक है। पर कल डबल शिफ्ट करनी पड़ेगी।'

'थैंक यू, सर।' समर ने फोन डिस्कनेक्ट कर आरती को फोन मिलाया।

'सुनो, कहाँ तक पहुँचीं?'

'मैं सेंट्रल सेक्रेटेरिएट हूँ, क्या हुआ?'

'कुछ नहीं, वापस आओ।'

'कहाँ।'

'मेरे पास।'

'मॉडल टाउन?'

'हाँ।'

'आप तो सोने जा रहे थे?'

'नहीं, तुम वापस आओ।'

'अच्छा ठीक, आती हूँ।'

आरती ने स्कूल में फोन करके कहा कि वह थोड़ा लेट आएगी और वापस जहाँगीरपुरी की मेट्रो में बैठ गई।

मॉडल टाउन उतर कर उसने फोन किया।

'कैसे आना, कहाँ आना?'

'मैं एड्रेस टेक्स्ट करता हूँ। रिक्शा ले लेना।'

थोड़ी देर में आरती समर के फ्लैट के बाहर थी। डोरबेल बजाते समय उसकी उँगलियाँ और पैर दोनों काँप रहे थे।

समर भागकर आया और जल्दी से उसे अंदर लेकर दरवाज़ा बंद कर लिया।

'किसी ने देखा तो नहीं?'

'नहीं, गार्ड ने ज़रूर पूछा कि किसके यहाँ जाना है तो मैंने बता दिया।'

'चलो, कोई बात नहीं, उससे तो मैं निपट लूँगा।'

'तुम ऑफ़िस क्यों नहीं गए?' आरती ने पूछा।

'चला जाऊँ?'

'हाँ।'

'तो चलो निकलते हैं।'

समर दरवाज़े की तरफ जाने को हुआ, आरती ने उसका हाथ पकड़ लिया। समर ने उसे अपनी तरफ खींचा और वह उसके गले लग गई। समर ने कसकर उसे अपनी बाहों में भर लिया और उसके माथे पर अपने होंठ रख दिए। थोड़ी देर तक दोनों ऐसे ही रहे। फिर आरती ने अपनी पीठ पर से समर का हाथ हटाते हुए बोली, 'नहीं सहन हो पाएगा, मुझे यहाँ से जाना होगा।' आरती जाने को हुई।

समर ने उसके होंठो पर अपनी उँगली रख दी और सोफे पर आँखें बंद कर बैठ गया। आरती थोड़ी देर खड़ी रही फिर समर के पास सोफे के

'बस सर, आराम करने का मन है। कई दिनों से बोझिल महसूस कर रहे थे।'

'ठीक है। पर कल डबल शिफ्ट करनी पड़ेगी।'

'थैंक यू, सर।' समर ने फोन डिस्कनेक्ट कर आरती को फोन मिलाया।

'सुनो, कहाँ तक पहुँचीं?'

'मैं सेंट्रल सेक्रेटेरिएट हूँ, क्या हुआ?'

'कुछ नहीं, वापस आओ।'

'कहाँ।'

'मेरे पास।'

'मॉडल टाउन?'

'हाँ।'

'आप तो सोने जा रहे थे?'

'नहीं, तुम वापस आओ।'

'अच्छा ठीक, आती हूँ।'

आरती ने स्कूल में फोन करके कहा कि वह थोड़ा लेट आएगी और वापस जहाँगीरपुरी की मेट्रो में बैठ गई।

मॉडल टाउन उतर कर उसने फोन किया।

'कैसे आना, कहाँ आना?'

'मैं एड्रेस टेक्स्ट करता हूँ। रिक्शा ले लेना।'

थोड़ी देर में आरती समर के फ्लैट के बाहर थी। डोरबेल बजाते समय उसकी उँगलियाँ और पैर दोनों काँप रहे थे।

समर भागकर आया और जल्दी से उसे अंदर लेकर दरवाज़ा बंद कर लिया।

'किसी ने देखा तो नहीं?'

'नहीं, गार्ड ने ज़रूर पूछा कि किसके यहाँ जाना है तो मैंने बता दिया।'

'चलो, कोई बात नहीं, उससे तो मैं निपट लूँगा।'

'तुम ऑफ़िस क्यों नहीं गए?' आरती ने पूछा।

'चला जाऊँ?'

'हाँ।'

'तो चलो निकलते हैं।'

समर दरवाज़े की तरफ जाने को हुआ, आरती ने उसका हाथ पकड़ लिया। समर ने उसे अपनी तरफ खींचा और वह उसके गले लग गई। समर ने कसकर उसे अपनी बाहों में भर लिया और उसके माथे पर अपने होंठ रख दिए। थोड़ी देर तक दोनों ऐसे ही रहे। फिर आरती ने अपनी पीठ पर से समर का हाथ हटाते हुए बोली, 'नहीं सहन हो पाएगा, मुझे यहाँ से जाना होगा।' आरती जाने को हुई।

समर ने उसके होंठो पर अपनी उँगली रख दी और सोफे पर आँखें बंद कर बैठ गया। आरती थोड़ी देर खड़ी रही फिर समर के पास सोफे के

थोड़ी देर बाद बारिश मद्धिम पड़ी। सागौन के पेड़ों के पार धान के खेत दिखे। धान के पौधे पानी में डुबकी लगा कर पुलक उठे थे। सड़क से लगा एक कच्चा रास्ता था जहाँ से थोड़ी दूर पर एक छप्पर था। समर ने बाइक वहीं रोकी और आरती का हाथ पकड़े कच्चे रास्ते पर चल दिया। रास्ते पर घास थी, इस वजह से चलने में दिक़्क़त नहीं थी। वहाँ छप्पर में एक बूढ़ा अंगीठी पर चाय उबाल रहा था। कोयले सील गए थे पर बूढ़ा अंगीठी फूँक-फूँक कर आग को जलाए रखने का प्रयास जारी रखे हुए था।

'बाबा, चाय कैसे पिलाएँगे?' समर ने पूछा।

उसने उन दोनों को देखा और मुस्कुराया, बोला, 'चाह पिलाता हूँ, बैठो।'

एक गीली बेंच पर वे बैठ गए। आरती अपनी चुन्नी निचोड़ने लगी। वह बूढ़ा तेज़ी से अंगीठी में फूँक मारने लगा। आरती के होंठ ठंड से काँप रहे थे। समर ने कहा, 'बाबा, जल्दी।'

बूढ़े ने आरती को देखा फिर उसने चाय में कुची हुई अदरक डाली और छानकर उसे दिया। वे प्याली में चाय पीते रहे। इससे थोड़ी गर्माहट आई। छप्पर से पानी टपक रहा था। अंगीठी के धुएँ की आड़ से बूढ़ा एकटक उन्हें देखे जा रहा था। चाय पीने के बाद समर ने उसे पैसे देने चाहे पर उसने नहीं लिया, 'तुम लोग इस चाह को याद रखना। मैं जानता हूँ कि कौन चाय पिएगा और कौन चाह। हमको एक-दूसरे को चाहने वाले लोग बहुत अच्छे लगते हैं इसलिए उन्हें मुफत में पिलाता हूँ।' वह मुस्कुराया।

पानी बंद हो गया था। शाम होने को थी। बादल बरस-बरस कर झर कर लाल होने लगे। थोड़ी देर बाद समर की बाइक शहर में दाख़िला ले रही थी।

रात में रश्मि का फोन आया, ‘तुमको मेरी कमी महसूस नहीं होती? तुम मुझे मिस भी नहीं करते? कहीं किसी कोठे-वोठे पर मुज़रा देखने का शौक तो नहीं पाल लिया?’

आवाज़ में तंज था। समर चोट खा गया।

‘मतलब?’

‘मतलब एक बार ख़ुद से फोन नहीं, न कोई मैसेज, क्या है ये सब?’

‘मैं सोच रहा था कि तुम्हें डिस्टर्ब न करूँ।’

‘यह डिस्टर्ब नहीं, तुम्हारी बेख़याली है। तुम जानते हो, मुझे तुम्हारे बिना कितना अकेलापन लगता है, फिर भी एक बार भी कॉन्टेक्ट नहीं किया।’

‘अच्छा, अभी फोन किया है तो लड़ने के लिए? तुम्हारी यही बात मुझे अच्छी नहीं लगती।’

‘लड़ाई से प्यार बढ़ता है न। तुमसे नहीं लड़ेंगे तो और किससे लड़ेंगे?’

‘ऐसा है, लड़ाई से प्यार-व्यार नहीं बढ़ता है। मन खट्टा होता है। लड़ाई मत किया करो।’

‘तुमसे तो बात करना ही बेकार है। फोन रखो।’ कह कर रश्मि ने फोन काट दिया।

समर थोड़ी देर तक फोन देखता रहा, फिर किचेन में जाकर उसने

चाय बनाई और टीवी चलाकर समाचार देखने लगा। कुछ देर बाद उसका टिफ़िन आ गया।

थोड़ी देर में समर उठा और वॉशबेसिन के शीशे में अपना चेहरा देखने लगा। शीशे पर रश्मि की कई बिंदियाँ चिपकी हुई थीं। उसके दिल में हूक उठी। वह रूम में आकर फिर सोफे पर पसर गया।

'आज के बाद मर जाऊँ तो भी अब ग़म नहीं।' आरती का टेक्स्ट आया।

उसने देखा और चुपचाप फोन को टेबल पर रख दिया।

'आज मेरा इंतज़ार और विश्वास सफल हुआ, नील।' आरती का दुबारा मैसेज आया।

समर की आँखों के सामने शीशे पर चिपकी बिंदियाँ घूमने लगीं। उसने रश्मि को फोन मिलाया।

'इतनी देर बाद दिमाग चला, मैं दीदी से बोल रही थी कि थोड़ी देर बाद श्रीमान जी फोन करेंगे। देखा, मेरा इंतज़ार और विश्वास जीत गया, लो, दीदी बात करना चाहती हैं।' हँसते हुए रश्मि बोली।

समर रश्मि की बहन से हूँ-हाँ करता रहा। फोन रखने के बाद उसके मन में द्वंद्व और भी बढ़ गया।

'गुड मॉर्निंग...' सुबह आरती का कॉल आया।

'आज ऑफ़िस नहीं जाएँगे।'

'क्यों? छुट्टी पर हो? तुम हमेशा ऐन वक्त पर ही कोई बात क्यों बताते हो?'

'बस मन नहीं हो रहा। अपनी मर्ज़ी के हो गए हैं।'

'अभी क्या कर रहे हो?'

'सो रहे हैं, गुड नाइट।'

'हम भी आ जाएँ क्या?' आरती की शरारती आवाज़ आई।

'अरे, तुम आ जाओगी तो फिर हम सो नहीं पाएँगे। उल्टे कयामत और आ जाएगी।'

'अच्छा, हम कयामत हैं।'

'नहीं! कयामत तुम्हारे पीछे है।'

आरती की हँसी खनकी, समर को लगा कि विंड चाइम्स को हवा छेड़ गई हो।

'अच्छा, अब तुम फोन रखो। ज़्यादा बात करने से मेरी नीयत डोल जाएगी।'

'अच्छा, बाबा। नहीं करेंगे बात।' हँसते हुए आरती ने फोन रख दिया।

समर ने अपने बॉस को फोन मिलाया।

'सर, आज लीव पर हूँ।'

'क्यों भाई, मैडम वापस आ गईं क्या?' बॉस ने पूछा।

हत्थे पर बैठ गई और उसका चेहरा देखने लगी। समर ने आँखें खोलीं, यह देखकर आरती ने अपने दोनों हाथ उसकी आँखों पर रखकर उसकी पलकें फिर से बंद कर दीं। आरती के हाथ बिल्कुल ठंडे थे।

'तुम्हारे हाथ इतने ठंडे क्यों हैं?' कह कर समर उठने को हुआ, पर आरती ने उसका माथा दबा कर उसे रोक दिया। समर ने उसके दोनों हाथ आँखों से हटा कर अपने हाथों में ले लिए और बोला, 'आरती कुछ बोलोगी नहीं?'

आरती नहीं बोली।

समर ने फिर कहा, 'आरती...कुछ भी नहीं कहोगी?'

आरती सहसा हाथ छुड़ा कर उससे लिपट गई और अपनी आँखें बन्द कर समर के सीने पर अपना माथा टेक दिया। उसके होंठ न जाने क्या कह रहे थे पर उनसे आवाज़ नहीं निकल पा रही थी। समर के स्वर धीमे होते जा रहे थे। आरती के होंठ उसके कान के कुछ और निकट सरक आए। शब्दहीन-स्वरहीन होंठों को हिलते देख समर जान गया कि वे क्या कह रहे हैं।

'मैं तुम्हारी हूँ, समर, मुझे प्यार करो।' आरती ने समर का हाथ अपनी कमर की तरफ खींचा और उसके सीने पर किसी लता की तरह छा गई। होंठ फिर हिले... 'नील मुझे तैरना नहीं आता है। डूब जाऊँगी।'

समर ने आरती की आँखों में देखा। उनमें तैरते लाल डोरे उसे डूबने के लिए आमंत्रित कर रहे थे। उसने आरती को गोद में उठाकर बेडरूम में ले जाकर लिटा दिया।

'नी...ल...'

समर उसके ऊपर झुकता चला गया... अचानक उसे लगा कि कई सारे बिच्छुओं ने एक साथ काटा हो। बेड पर रश्मि की हेयर पिन पड़ी थी जिसे वह जब समर के साथ प्यार में होती थी तो झटके से निकाल कर बेड पर फेंक देती थी।

'क्या हुआ?'

'नहीं आरती, रश्मि दिख रही मुझे। इस बिस्तर से उसकी ख़ुशबू आ रही। ड्रेसिंग टेबल पर उसकी बिंदियाँ हमें देख रहीं। दीवारों पर उसके शब्द चिपके हैं। यह घर रश्मि है, रश्मि ही घर है।' समर उसे एक तरफ हटाते हुए बोला।

आरती मुस्कुराई। समर के सिर को अपने गोद में रख उसके बालों में हाथ फेरते हुए बोली, 'नील, मैं रश्मि का हक़ नहीं छीन रही। मैं सिर्फ एक बात जानती हूँ कि मैं तुमसे प्यार करती हूँ। तुम क्या सोचते हो कि जब मैं तुम्हारी बाहों में होती हूँ तो प्रकाश का ख़याल नहीं आता? आता है, जैसे तुम सोचते हो, यही भाव मेरे भी मन में आता है क्योंकि वह मुझसे बहुत प्यार करते हैं पर मैंने सही-गलत, अच्छा-बुरा सब इस बात पर छोड़ दिया कि तुम मेरे लिए इन सबसे ऊपर हो। और सुनो! तुम मुझसे न मिलो, न प्यार करो, न बात करो, छुओ नहीं, देखो नहीं, फिर भी मेरी चाहत कम नहीं होगी। तुम्हारे लिए मेरा मुझ पर कोई वश नहीं, नील। मैं अवश हूँ, और जो अवश होता है उससे कोई गलती नहीं होती। तुम रश्मि के हो, तुम अपने परिवार, ऑफ़िस इन सबके हो पर तुम मेरे हो और मैं तुम्हारी। कुछ तो मेरे हो न?'

समर कुछ नहीं बोला। बस बच्चे की तरह आरती को देखता रहा।

'तुम कुछ बोलोगे नहीं?'

'तुम तो बिना बोले समझती हो, तुम्हें महसूस करना चाहता हूँ बस।'

आरती ने उसे कसकर गले से लगा लिया।

कुछ देर बाद वह उठी और शीशे में रश्मि की बिंदी देखने लगी।

'हमको पता है कि हमारा सम्बन्ध समाज को स्वीकार्य नहीं है पर इससे क्या फर्क पड़ता है। तुम्हें स्वीकार्य है, मुझे सिर्फ इससे मतलब।' आरती समर की आँखों में देखते हुए बोली।

समर ख़ामोश था।

'सुनो, ऐसे नहीं। तुम ऐसे अच्छे नहीं लगते। अब मुझे स्कूल जाना है।' आरती अपनी साड़ी ठीक करते हुए बोली।

'ठीक है, चलो, तुम्हें बाहर तक छोड़ देता हूँ।' समर जैसे नींद से जागा।

'ऐ मिस्टर, छोड़ने-वोड़ने की बात न करना।' आरती बनावटी गुस्से से बोली। समर को हँसी आ गई।

'आई हँसी। देखें तो ज़रा मुँह।'

'चलो, भागो।' समर हँसते हुए बोला।

आरती चली गई। समर वापस रूम में आया और बिस्तर पर लेट गया।

आरती को क्यों जाने दिया... न जाने दिया होता... फिर से फोन करूँ क्या... नहीं-नहीं... उसे प्यार क्यों नहीं किया? मैं यह सब क्या कर रहा हूँ? रश्मि...आरती... समर के दिमाग में ये सारी बातें एक-एक कर आती रहीं।

फोन बजा। रश्मि की कॉल थी।

'ऐसा है कि हम कल आ रहे हैं।'

'अच्छा, ठीक है।'

'मुर्दनी आवाज़ में काहे बोल रहे, ज़रा चहक कर बोलो।'

'अरे यार ड्रामा न करो, आओ।'

'चलो ठीक, अब हम बड़े ड्रामेबाज़ हो गए हैं। ख़ैर, कल आते हैं। फिर देखते कि तुम्हें क्या हुआ है।' कहकर रश्मि ने फोन डिस्कनेक्ट कर दिया।

'आज रश्मि आएँगी इलाहाबाद से।' मेट्रो में समर और आरती बात कर रहे थे।

'अच्छा है, तुम्हारी बेतरतीबी ख़त्म हो जाएगी।'

'तुम बिल्कुल अच्छी नहीं।'

'क्यों?'

'बस यूँ ही।'

आरती हँस पड़ी।

'वो तो है। देखो, स्टेशन आ गया आपका।'

'सुनो!'

'हाँ।'

'शाम को मैं रश्मि को लेने स्टेशन पर जाऊँगा, इसलिए जल्दी निकलूँगा।'

'मतलब मुझे अकेले जाना पड़ेगा।' आरती ने मुस्कुराते हुए पूछा।

जवाब में समर भी मुस्कुरा दिया।

'ओके... ख़याल रखना। सुबह मिलेंगे।'

'ठीक...' कहते हुए समर राजीव चौक उतर गया।

शाम को जब समर नई दिल्ली रेलवे स्टेशन जा रहा था तो उसके मोबाइल फोन की बैटरी डाउन हो गई। रात में उसने मोबाइल को चार्जर से लगाया तो था पर शायद स्विच ऑन करना भूल गया था। रश्मि की ट्रेन आने का टाइम हो गया। वह जल्दी से रेलवे के एक टेलीफोन बूथ पर पहुँचा। उसने रश्मि के मोबाइल पर मिलाया तो वह "आउट ऑफ कवरेज एरिया" बताने लगा। समर ने सोचा कि क्यों न वह प्लेटफॉर्म पर जाकर ट्रेन की उसी बोगी के सामने खड़ा हो जाए जिसमें रश्मि आ रही थी। वह प्लेटफॉर्म पर चला गया। काफी देर हो गई ट्रेन आई ही नहीं। उसने प्लेटफॉर्म पर लगे चार्जर पॉइंट से किसी का चार्जर माँगकर फोन ऑन किया और रश्मि को फोन मिलाया।

'तुम कहाँ हो? ट्रेन तो आई नहीं।'

'आप फोन ऑफ करके बैठे रहो। कोई मरे जिए पर आपसे क्या मतलब?'

'नहीं यार, पहले ये बताओ तुम कहाँ हो। बाकी बातें घर पर।'

'रास्ते में हैं, घर पहुँचने वाली हूँ।'

'अरे, मैं तो स्टेशन पर हूँ, अच्छा चलो आता हूँ।'

सिर झटकते हुए समर जल्दी-जल्दी सीढ़ियाँ उतरने लगा।

घर पहुँच कर उसने देखा कि रश्मि ड्राइंग रूम में बैठी थी। समर कुछ सफाई में कहे, उससे पहले वह बोली, 'आज तक तो तुम्हारा मोबाइल कभी ऑफ नहीं हुआ। हमेशा मुझसे पहले तुम मुझे हर जगह मिले, आज ये कैसे हुआ?'

'रात में फोन चार्ज ही नहीं हो पाया। मैंने ध्यान नहीं दिया। जब स्टेशन पहुँचा तो देखा बैटरी गुल थी पर तुम्हारी ट्रेन तो आई नहीं, तुम कैसे? सिद्धू कहाँ है?'

'सिद्धू बाथरूम में घुसा है। हम आनंद विहार उतर गए थे। वहाँ से यह ट्रेन नई दिल्ली पहुँचने में काफी टाइम लगाती है तो हमने सोचा यहीं उतर जाएँगे पर तुम्हें फोन किया तो श्रीमानजी फोन बंद किए बैठे थे।'

'अरे तो पहले बताना चाहिए था न। क्या फायदा कि तुम वहाँ उतर कर फोन करतीं।'

'हाँ, पहले किया था पर तब भी फोन नहीं लगा आपका। ख़ैर, अब हम आ गए हैं तो स्वागत नहीं करोगे हमारा।' कहते हुए रश्मि उठी और समर के गले लग गई।

'क्या हो गया है तुम्हें?'

'कुछ नहीं। अच्छा खाने का ऑर्डर कर देता हूँ। अगर तुम कहो तो चाय बना दूँ।'

'अभी मन नहीं।' रश्मि ने कहा।

तब तक सिद्धू बाथरूम से आया और समर से लिपट गया।

समर सिद्धू के साथ खेलने लगा और रश्मि अपना सामान रखने चली गई।

'तुमको क्या हो गया है?' रश्मि ने समर के बालों में हाथ फिराते हुए पूछा।

'मैं तो बिल्कुल ठीक हूँ।' समर ने जवाब दिया।

'देखो, मैं तुम्हें तुमसे ज़्यादा जानती हूँ। ऑफ़िस में कोई बात हो गई है क्या?'

'नहीं, ऑफ़िस में सब ठीक है। बस जीवन के बारे में चिन्तन ज़्यादा हो गया है। सोचता हूँ इस नौकरी को बदल लूँ। कोई और अच्छी सैलरी वाली जॉब ज्वाइन कर लूँ।'

'हाँ सो तो ठीक पर इसमें मूड उखड़ने वाली क्या बात है? मैं जिस जगह तुम्हें छोड़कर गई थी, उस जगह तुम नहीं हो। ऐसा क्यों? पहले भी नौकरी की अनिश्चतता थी पर तुम उसे लेकर कभी परेशान नहीं हुए, अब क्या? मैं सच बताऊँ, डर गई थी तुम्हारी बातों से इसलिए भागकर आई।'

'तुम पागल हो। क्यों डरने लगीं? चलो तुम थक गई होगी, आराम करो।'

'हाँ, थक तो गई हूँ। एक बात कहें, आज मुझे पूरी नींद आएगी। तुम्हारी बाहों के बिना तो कहीं नींद ही नहीं आती, मेरी जान।' कह कर

रश्मि समर से लिपट गई। समर उसके सिर पर हाथ फिराता रहा पर उसकी आँखों के सामने आरती का अक्स घूम रहा था।

सुबह जब समर कश्मीरी गेट पर उतरा तो आरती हमेशा की तरह पहले से ही मौजूद थी। आज समर उसे देखकर अनमना सा हो गया। आरती ने कोई प्रतिक्रिया नहीं दी। दोनों मेट्रो में चढ़ गए। थोड़ी देर बाद चुप्पी तोड़ते हुए आरती ने पूछा, 'बस गई गिरस्ती?'

'हाँ, गिरस्ती तो पहले से ही बसी थी।' समर ने उचटता सा जवाब दिया।

'छिटक क्यों रहे हो? हम तो ऐसे ही पूछ रहे हैं। अच्छा बताओ, रश्मि जी ठीक हैं? सिद्धार्थ के क्या हाल?' आँखें नचाते हुए आरती ने कहा।

'सब मस्त हैं। रश्मि को जाने क्यों यह आभास हो रहा कि मेरे साथ सब सही नहीं है।'

'क्या मतलब?'

'यार, ऐसा है कि मुझसे एक्टिंग नहीं होती। मन के भाव मेरे चेहरे पर साफ पढ़े जा सकते हैं। मैं छुपा नहीं पाता हूँ।'

'अच्छा तो छुपाने की ज़रूरत क्या है?'

समर ने आरती को ऐसे देखा जैसे कि किसी एलियन को देख रहा हो।

'तुम इसका मतलब समझती हो?'

'हाँ, और एक-न-एक दिन तो बताना ही पड़ेगा। सही बात कहनी चाहिए।'

'चुप रहो, तुम्हारा स्टेशन आ गया।'

आरती मुस्कुराते हुए जंगपुरा उतर गई।

समर को आरती के अंतिम शब्द चुभते से लगे। उसको ख़ुद पर झुंझलाहट सी होने लगी। उसने सिर को एक तरफ झटका और सीट से उठकर खड़ा हो गया।

'लंच हो गया?' दोपहर में आरती का मैसेज आया।

'हाँ। तुमने?'

'ना।'

'क्यों?'

'लाए ही नहीं।'

'क्यों कुछ मँगा लो।'

'हाँ, ठीक। चलो, बाद में बात करते हैं।'

'ओके।'

शाम को जब वे साथ में आ रहे थे तो समर ने पूछा, 'तुम लंच क्यों नहीं लाई थीं?'

'मैं सुबह देर से उठी इसलिए बन नहीं पाया। बच्चे को स्कूल तैयार करते-करते मेरा समय हो गया।'

‘तो घर में कोई और नहीं है क्या?’

‘मम्मी, मतलब मेरी सास रहती हैं।’

‘तो वे नाश्ता नहीं बना सकती हैं?’

‘ना। सारा काम मेरे ज़िम्मे।’

‘अरे, तुम तो ऐसे मर जाओगी। जब दोनों वर्किंग हों तो एक मेड रख लो।’

आरती कुछ नहीं बोली। सिर्फ एक फीकी मुस्कुराहट उसके चेहरे पर आ गई।

‘नील, स्टेशन आ गया।’

आरती उठने को हुई कि समर ने उसका हाथ पकड़ कर अपने पास बैठा लिया।

‘वापस चली आना मॉडल टाउन से।’

वह कुछ नहीं बोली।

समर आरती की हथेलियों को छूकर देखने लगा।

‘क्या देख रहे हो?’

‘मेड नहीं लगी है।’

आरती ने सिर झुका लिया।

‘ऐसा है, आज तुम प्रकाश से बात करना और सख्ती से नौकर के लिए बोलना।’

'घर में क्लेश होगा।'

'होने दो। जैसा मैं कह रहा, वैसा करना। सुन रही न मेरी बात।'

'हाँ।'

समर का स्टेशन आ गया। जब वह उतरने को हुआ तो अबकी आरती ने उसका हाथ पकड़ लिया। वह फिर बैठ गया। दोनों चुपचाप कश्मीरी गेट पहुँचे। समर उसे रोहिणी जाने वाली मेट्रो में बिठाकर वापस आया।

'घर में क्लेश हो गया है।' रात में आरती का मैसेज आया।

'होने दो लेकिन तुम अपनी बात पर अड़ी रहना। बिल्कुल गुस्सा मत करना और किसी से बातचीत भी बंद नहीं करना। सबसे हँस कर बोलना।' समर ने मैसेज भेजा।

'बहुत मुश्किल।'

'फिर भी कोशिश करो। गुस्सा आए तो कल मुझ पर निकाल लेना। चलो बाय, रश्मि खाने पर बुला रही है।'

'तुम्हारे साथ जो लोग काम करते हैं, उनके भी ऊपर काम का बोझ है या सारी मजदूरी तुम ख़ुद ही करते हो?' डाइनिंग टेबल पर खाते-खाते रश्मि ने पूछा।

'सब करते हैं। मैं स्किल्ड ज़्यादा हूँ तो मुझ पर ज़्यादा ज़िम्मेदारी है।' समर ने जवाब दिया।

'आजकल बहुत बड़ी कोई ज़िम्मेदारी मिल गई है क्या?'

'हाँ, कुछ यूँ समझ लो कि ये बड़ा ही कॉम्प्लिकेटेड प्रोजेक्ट है।'

'अच्छा पर ऑफ़िस का काम और ऑफ़िस की बातें वहीं छोड़कर आया करो तो ज़्यादा बढ़िया रहे।'

'अच्छा ठीक, बाबा, अब खाने दो ना।'

'खीझते क्यों हो। कोई ऐसी-वैसी बात तो कह नहीं दी, एक नॉर्मल सी बात कही है।'

समर ने पानी पिया और डाइनिंग टेबल से उठ गया।

'सो गए?' रश्मि ने बेड पर लेटते हुए पूछा।

'नहीं, अभी नींद कहाँ आएगी।'

'अच्छा, हम आ गए हैं, अभी सुला देते हैं तुम्हें।' रश्मि शरारत से बोली।

'सो जाओ, सुबह जल्दी जाना है।' समर रश्मि का हाथ अपने सीने से हटाते हुए बोला और आँखें बंद कर लीं।

'सुनो न, कल छुट्टी ले लो।' रश्मि ने इसरार करते हुए कहा।

'क्यों?'

'बस मेरा मन है।'

'अरे कोई काम-वाम हो तो छुट्टी ले भी लूँ। प्राइवेट नौकरी में छुट्टी-वुट्टी नहीं मिलती।'

'अच्छा, मैं मर जाऊँ तो भी नहीं मिलेगी छुट्टी? मुझे कुछ नहीं पता तुम कल ऑफ़िस नहीं जाओगे, बस। कल हम लोग कहीं घूमने जाएँगे। कितने दिन बाद आई हूँ। तुमने न तो ढंग से मेरी तरफ देखा, न ही कोई बात की। कल कहीं घुमा दो दिल्ली। अच्छी तरह से हमने देखा कहाँ है इसे।' रश्मि बोली।

'अच्छा कल सोचेंगे। अब सो जाओ।'

'नहीं, पहले बोलो कल ऑफ़िस नहीं जाओगे।'

'अच्छा, नहीं जाएँगे।' समर ने करवट लेते हुए कहा।

अगले दिन समर ने आरती को टेक्स्ट किया कि वह रश्मि को दिल्ली घुमाने जा रहा है। आरती का संक्षिप्त उत्तर आया, 'ओके।'

दोपहर में समर रश्मि के साथ खाने के लिए रेस्तराँ में बैठा था तो आरती का फोन आया। उसने फोन काट दिया।

'किसका है?'

'अरे, किसी कुलीग का होगा। आज एब्सेंट हैं ना इसलिए।'

'चैन नहीं इन लोगों को, तुम फोन बंद कर दो।' रश्मि ने समर के हाथ से फोन लेकर उसे ऑफ कर दिया।

शाम को समर ने घर आकर जब फोन खोला तो उसमें आरती का मैसेज था।

'मैं डिस्टर्ब नहीं करना चाहती थी पर दिल के आगे मेरी न चली। मुझे माफ़ कर देना। एक बात बताना चाहती थी, परसों मेरे स्कूल में कुछ गेस्ट

आ रहे हैं। मैनेजमेंट चाहता है कि कुछ अच्छे स्पीकर आकर कार्यक्रम में बोलें। मैं उस कमेटी को कोऑर्डिनेट कर रही हूँ। मैंने तुम्हारा नाम दे दिया है। तुम मुझसे बात कर लेना।' समर ने मैसेज पढ़कर अपना सिर एक तरफ झटका।

'क्या हुआ? थकान हो गई क्या घूम कर?' रश्मि उसे चाय का कप पकड़ाते हुए बोली।

'नहीं यार, परसों के कार्यक्रम में मुझे बोलना है। मुझे पता ही नहीं क्या बोलना है।'

'अरे तो पूछा नहीं गया कि तुम बोलोगे कि नहीं।'

'नहीं। कोई मेरा फेसबुक फॉलोवर है। वह डीपीएस में एक कार्यक्रम में मेरा नाम देकर मुझे अब इन्फॉर्म कर रहा। दोपहर में उसी का फोन था।'

'अरे तो न जाओ।'

'जाना तो पड़ेगा ही। अगर नहीं जाऊँगा तो मेरी बेइज्जती ख़राब हो जाएगी।' समर मुस्कुराते हुए बोला।

'अच्छा साहब मुस्कुराए तो। चलो, इसी बात पर थोड़ी चाय और लो।'

'हो गया घूमना।' आरती ने पूछा।

'हाँ। हो गया।'

'रश्मि जी के क्या हाल?'

'ठीक हैं। तुम बताओ घर में सब ठीक?'

'सब ठीक होना ही था। कामवाली लग गई है।' आरती मुस्कुराई।

'अरे वाह, देखा मैं कहता था न। जब तक किसी बात के लिए कहोगी नहीं, तब तक तो कुछ होने से रहा। अपनी बात ज़रूर रखनी चाहिए।' समर ख़ुश होते हुए बोला।

'अच्छा, कल कुछ छोटा-मोटा कार्यक्रम है सोशल टाइप का। मैंने तुम्हारा नाम दे दिया है बिना तुमसे पूछे। अब तुम्हें कल बोलना है।'

'अब जब दे दिया तो दे दिया। बस टॉपिक बता दो।'

'मॉडर्निटी मीन्स आधुनिकता। अब सुना था कि मुहब्बत अपने आशिक को सुपर हीरो बना देती है। हमने भी बना दिया। इत्ती तारीफ की है कि क्या बताऊँ, अब तुम मेरी नाक मत कटा देना।' आरती मुस्कुराते हुए बोली।

'डोंट वरी, बेबी! कल मेरा जलवा-ए-दीदार करना। अब शाम को मिलते हैं।' समर ने हँसते हुए कहा और राजीव चौक उतर गया।

रात में समर अपनी स्पीच बनाने में लगा था।

'हमको भी स्पीच देनी है।' रश्मि ने पास बैठते हुए कहा।

'अच्छा दो।' समर ने हँसते हुए अपनी मुट्ठी को माइक बनाकर रश्मि के मुँह पर लगा दिया।

'भाइयो और बहनो। नहीं-नहीं, मेरी स्पीच सुनने तो तुम भी बैठे होगे तो भाइयो कैंसिल, ओनली बहनो, नहीं-नहीं ये भी कैंसिल, दोस्तो से शुरुआत करते हैं... दोस्तो, बात ये है कि बात कुछ है ही नहीं। ख़ामख़ा सब ताली बजाने में टैम ख़राब कर रहे। भाषण पर कोई ताली बजाता है भला। ताली बजानी है तो श्रीमान समर जी की कविताओं पर बजाइए।' कहते-कहते रश्मि ज़ोर-ज़ोर से हँसने लगी। हँसते-हँसते उसकी आँखों में आँसू आ गए। वह समर से लिपट कर रोने लग गई।

'क्या हुआ?' समर हतप्रभ सा हो गया।

'कुछ नहीं।' रश्मि आँचल से आँख पोंछते हुए बोली।

'अरे एकदम्म से रोने लगीं, ऐसा क्यों?'

'पता नहीं, आजकल क्यों लगता है कि तुम कहीं खो जाओगे।' रश्मि सुबकते हुए बोली।

समर कुछ नहीं बोला। सिर्फ रश्मि के सिर को सहलाता रहा।

सुबह समर को कोट पहनाते हुए रश्मि ने पूछा, 'वहाँ से घर आओगे या ऑफ़िस?'

'डीपीएस से सीधे ऑफ़िस जाएँगे। छुट्टी नहीं, शॉर्ट लीव ले रखी है।'

'अच्छा ठीक। अच्छे से बोलकर आना। जल्दी-जल्दी मत बोलना। ठहर कर बोलना।'

'अच्छा मास्टरजी।' समर हँसते हुए बोला।

'मैं सीधे तुम्हारे स्कूल आऊँ?' समर ने आरती को टेक्स्ट किया।

'ओके,' उधर से जवाब आया।

समर ठीक दस बजे डीपीएस पहुँचा और उसे रिसीव करने आरती आई।

'मन तो कर रहा कि तुम्हें ज़ोर से गले लगा लूँ। तुम तो बड़े स्मार्ट लग रहे हो।' आरती ने उसे बुके देते हुए कान में कहा।

'थैंक यू।' एक मुस्कुराहट के साथ समर ने सिर को हिलाया।

'क्या थैंक यू, थैंक यू, मेरी तरफ देखो।' आरती ने दाँत दबाकर बोला।

'यस मैम!' समर की आँखों में शरारत थी।

आरती उसे प्रिंसिपल रूम में ले गई जहाँ और भी वक्तागण बैठे थे।

'आप समर त्रिपाठी जी हैं। कनॉट प्लेस में एक बहुराष्ट्रीय कम्पनी में काम करते हैं। लिखते बहुत अच्छा हैं। समर जी, ये हैं डॉ. योगेन्द्र जी, आप यूनिवर्सिटी में प्रोफेसर हैं, ये हैं आनंद गौतम जी, आप पर्यावरणविद हैं, ये सुनीता मैम हैं, आपने बालश्रम पर बहुत काम किया है।' आरती ने सबसे परिचय कराया।

समर सबसे हाथ मिलाकर सोफे पर चुपचाप बैठ गया।

'आप कहाँ से हैं, समर जी?' सुनीता ने पूछा।

'जी, इलाहाबाद से।'

'अच्छा, इलाहाबाद से आरती जी भी हैं।' सुनीता ने थोड़ा मुस्कुराते हुए कहा।

'जी।'

'आई थिंक इलाहाबाद तो बहुत ट्रेडिशनल सिटी है।' आनंद गौतम बोले।

'हाँ, पर इलाहाबाद अभी भी स्मॉग से बचा है।' समर ने जवाब दिया।

'दिल्ली में स्मॉग के दूसरे कारण हैं। हरियाणा-पंजाब की पराली जलने से ये होता है, रिसर्च कहती है।'

'रिसर्च क्या कहती है, ये जानने से बेहतर यह होगा कि दिल्ली के कूड़े के पहाड़ों पर एक बार घूम आएँ, गौतम जी। आसपास की रिहाइश भी देख लीजिए। जैवकीय कूड़े से कहीं ज़्यादा कार्बनिक कूड़ा हवाओं को ज़हरीला बना रहा है। पराली और प्लास्टिक में कुछ तो फर्क है ही।' समर ने आनंद गौतम की बात बीच में काटते हुए अपनी बात कही।

गौतम अपना सा मुँह लेकर चुप हो गए।

'अच्छा मिस्टर त्रिपाठी, आपको दिल्ली आए कितने दिन हुए?' प्रोफेसर योगेन्द्र ने गुरु गंभीर आवाज़ में प्रश्न किया।

'दो साल।'

'हाँ, अभी मैं आँकड़े देख रहा था। यूपी में नौकरी बची ही कहाँ है।'

'नहीं, ऐसी बात नहीं है। नौकरी-चाकरी का चक्कर पैरों में सनीचर बाँध देता है। फिर गोल-गोल घूमते रहिए।' समर ने फिर से मुस्कुराते हुए कहा।

'सनीचर-इतवार की तो मैं नहीं जानता पर दिल्ली में इसी तरह लोग आते रहे तो यहाँ का इंफ्रास्ट्रक्चर डाँवाडोल हो जाएगा। दिल्ली में हर साल लगभग पाँच लाख लोग आते हैं। अब सरकार पाँच लाख घर हर साल बना कर देगी तो नहीं। नतीजा दिल्ली की पहचान झुग्गी-झोपड़ी हो गई है।'

'प्रोफेसर साहब, आप दिल्ली के ही हैं?'

'यस! मेरी पैदाइश दिल्ली की है और पढ़ाई-लिखाई दिल्ली विश्वविद्यालय से है।' प्रोफेसर योगेन्द्र ने बड़े शान से बताया।

'और आपके पिताजी की?'

'मेरे पिताजी पंजाब में पैदा हुए थे। बंटवारे के बाद हम दिल्ली आ गए। मेरा जन्म दिल्ली में ही हुआ। बड़े कठिन दिन थे। मेरे पिताजी ने कपड़े बेच-बेच कर हमको पढ़ाया।' प्रोफेसर के चेहरे पर फिर वही गर्व की अनुभूति थी।

'माफ़ कीजिएगा लेकिन इसका मतलब आपके पिताजी भी दिल्ली में ज़बरदस्ती घुस आए थे। शरणार्थी होने का मतलब आप अच्छी तरह से समझते होंगे। यहाँ दिल्ली में मैंने रिफ्यूजी कॉलोनियाँ देखी हैं। उस समय शरणार्थियों के लिए बनाई गई थी। आज नहीं बनाई जा रही इसलिए लोग झुग्गी बनाकर रह रहे हैं। उस समय जिसे जहाँ मिला, वहीं झोपड़ी

डाल कर रहने लगा। सब सापेक्ष बातें हैं, प्रोफेसर साहब। आज बहुत सारे लोग आपके पूज्य पिताजी वाली गति से होकर गुज़र रहे हैं और यह प्रवजन तो एक प्रक्रिया है। हो सकता है, आपका बेटा दिल्ली में न रहे, अमेरिका चला जाए तो वहाँ अगर उससे कोई पूछेगा कि दिल्ली में रोज़गार नहीं क्या तो क्या जवाब दीजिएगा?'

माहौल भारी होते देखते हुए प्रिंसिपल ने चपरासी को कोल्ड ड्रिंक लाने के लिए बोला।

'कोल्ड ड्रिंक आ रही है। आप सब ठंडा पीजिए।' मुस्कुराती हुई प्रिंसिपल ने कहा।

कमरे में ख़ामोशी छा गई। चपरासी सबको कोल्ड ड्रिंक देने लगा।

'मैम, प्रोग्राम का टाइम हो गया है।' आरती प्रिंसिपल के पास आकर बोली।

'आई रिक्वेस्ट टू ऑल ऑनरेबल गेस्ट्स टू अटेंड द प्रोग्राम।' प्रिंसिपल मैडम ने सबको चलने के लिए बोला।

कार्यक्रम में एंकरिंग आरती ही कर रही थी। वह चाहती थी कि समर सबसे अंत में बोले पर आयोजकों ने उसका नाम सबसे पहले तय कर रखा था।

'मैं आरती कुलश्रेष्ठ यहाँ उपस्थित सभी माननीय अतिथियों का विद्यालय परिवार की तरफ से हार्दिक स्वागत करती हूँ। दोस्तो, सुबह विदा ले रही है, नरम दोपहर स्वागत करने चली आ रही है। एक रोज़ पूर्व की बारिश में भीगी शरमाई हुई शाखें, शोख हवा और चहचहाते परिंदे सभी तो प्रकृति के कैनवास पर रंग भर रहे हैं। यादों के दरिया

में डूबता उतरता मन पुल बन जाने को है, श्रोताओं और वक्ताओं के बीच। साथियो, आज इस कार्यक्रम की अनोखी बात यह है कि आज जो सबसे वरिष्ठ हैं, उन्हें हम सबसे पहले सुनेंगे। तो मैं सबसे पहले बुलाना चाहूँगी प्रोफेसर साहब को जो अपने तत्वज्ञान से आप सभी का ज्ञानवर्द्धन करेंगे।'

इसके बाद सभी ने कुछ-न-कुछ विषय से सम्बन्धित बातें रखीं। अंत में आरती ने समर को आवाज़ दी, 'साथियों, अब मैं जिसको बुलाने जा रही हूँ उसके विषय क्षेत्र के बारे में मैं कुछ नहीं जानती पर जितना जानती हूँ उससे बड़े विश्वास के साथ कह सकती हूँ कि आप उनकी बातों को उनके भावों को अंजुरी भर-भर कर ग्रहण करेंगे। मैं चाहती हूँ कि आप सभी उनका ज़ोरदार तालियों से अभिनंदन करें।'

तालियों का झरना बह निकला। ऐसा लगा कि ऊँघता जन समाज एकदम जग गया। तालियों के शोर के बीच समर ने बोलना शुरू किया, 'मेरे प्यारे...' उसके सामने रश्मि आ गई माइक लेकर... न, न, भाइयो-बहनो नहीं, फिर क्या दोस्तो... समर के चेहरे पर मुस्कान आ गई और पूरे आत्मविश्वास के साथ उसने बोलना शुरू किया। 'मेरे प्यारे दोस्तो, मैं किसी भी चीज़ का विशेषज्ञ तो नहीं पर जो महसूस करता हूँ, उसी पर अपनी बात रखूँगा। दुनिया को जब हम देखते हैं, उसकी बेहतरी के लिए जब सोचते हैं तो जो मुझे समझ में आता है, उसे लेकर मैंने कई महानुभावों से बात की। तकरीबन एक जैसी बात सामने आती है। जीवन पहले से कहीं ज़्यादा जटिल, कठिन और असुरक्षित होता जा रहा है। ये कैसी दुनिया होती जा रही है! विकास, प्रगति, बेहतरी आदि-आदि का कौन सा पैमाना बन रहा है, मेरी समझ में क्यों नहीं आता? हर तरफ आशंका और भय का माहौल है। टीवी पर ऐड, क्राइम पेट्रोल, समाचार डराते हैं। ऐड कहता

है, आपकी खाल अच्छी नहीं, आपकी चाल अच्छी नहीं, आपके बाल अच्छे नहीं हैं। प्रत्येक विज्ञापन मर्यादा की रेखा को तोड़ता हुआ समस्या के समाधान की बात करता है, जबकि प्रचार के लिए किसी भी सीमा रेखा को तोड़ना समस्या ही पैदा करता है। हम दिन भर में हज़ारों विज्ञापन देखने के लिए अभिशप्त हो गए हैं। विज्ञापन देखो, ख़रीदारी करो। आप ख़रीदारी करके ख़ुश हो सकते हैं कि जो मौजूद है, उसका उपयोग करके। ख़रीदारी करने से फुर्सत नहीं मिलनी चाहिए! ख़रीदारी आपको मालिक होने का सुख प्रदान करती है! और उसका सदुपयोग क्या देता है? सदुपयोग किस चिड़िया का नाम है? यह यूज़ एंड थ्रो का समय है। विज्ञापन आपको हर मर्ज़ का गारंटीड और शर्तिया इलाज बताते हैं लेकिन इलाज के बावजूद मर्ज़ वहीं-का-वहीं बना है बल्कि आपकी दशा और बुरी स्थिति में पहुँच जाती है। क्राइम पेट्रोल देखने के बाद किसी पर भी भरोसा करना बेमानी लगता है। समाचार देखो तो लगता है, हम समय के सबसे बुरे दौर से गुज़र रहे हैं जिसमें हिंसा, बलात्कार, बेईमानी के चरम तक पहुँचने की होड़ लगी है। देश, धर्म, प्रेम, भक्ति, बाज़ार पर बहस चल रही है। लॉजिक के दौर में अनायास होना या महसूस करना पिछड़ापन की श्रेणी में गिना जाने लगा है। हर तरफ लोग चिल्ला-चिल्ली कर रहे हैं कि सतर्कता ही बचाव है। सतर्क रहिए, सतर्क रहिए। हर तरफ कैमरे ही कैमरे। आप निगरानी में हैं क्योंकि आपको कोई या आप ख़ुद नुकसान पहुँचा सकते हैं। हर समय अपने नर्व सिस्टम को ताने रहिए। ढीला मत छोड़िए क्योंकि कोई तो है जो आपके लिए ख़तरा है। कौन है? ये कैमरे लगाकर निश्चिंतता पैदा करने की कवायद गुटखे पर लिखी वैधानिक चेतावनी जैसी है। अरे, इतने तनाव और डर में कैसे जिया जाए। हर पल अपने को बचाने की कवायद में लगे हैं और आख़िर में जद्दोजहद कहाँ ख़त्म होगी? बीमारी या मौत? ये कैसी ज़िंदगी बनती जा रही है? ये कैसा समाज गढ़ लिया जा रहा है?

दो और दो का जोड़ हमेशा चार कहाँ होता है? पढ़े-लिखे लोगों को थोड़ी नादानी दे मौला, साथियो, मैं इनकार करता हूँ मैच्योरटी को, लॉजिक को, अनुभवों के कनस्तर को। मैं इनकार करता हूँ ऐसी व्यवस्था के दोहरेपन को जहाँ आदमी को मशीन और मशीन को आदमी में तब्दील किया जा रहा है। मैं यह स्वीकार करता हूँ कि मेरी प्रवृत्ति अनायास है। फिर आप कहेंगे कि मैं इस दुनिया के लायक नहीं हूँ। हाँ, यह सच है। मुझे कभी-कभी यह जेल जैसी समझ में आती है। हो सकता है मैं गलत होऊँ किन्तु दुनियादारी से अजीब सी घुटन होती है कभी-कभी और इससे परे जाने का मन करता है। सब कुछ इस लॉजिक ने गंदा कर रखा है। पानी, हवा, माहौल। लॉजिक ने दो विश्वयुद्ध दे दिए। इस लॉजिक के पार जो कुछ भी है वह निहायत आत्मिक होगा। प्राकृतिक रूप से स्वीकार्य होगा। यदि ऐसा नहीं तो भी एक नया रास्ता होगा जिस पर चलकर देखने में कोई हर्ज़ नहीं। एक बात और कि मेरा यह कहा गया, एक प्रस्ताव है जिसे परखा जा सकता है। सबके अनुभव और तरीके अलग-अलग हो सकते हैं पर ख़ुश होने का और सुखी होने का उद्देश्य एक ही है। आप सभी का बहुत-बहुत आभार मुझे इतना समय देने के लिए और मुझ पर ध्यान देने के लिए। एक बार फिर से बहुत शुक्रिया।'

समर ने जैसे ही अपनी स्पीच ख़त्म की, वैसे ही तालियों का रेला बह निकला। तमाम पत्रकार उसकी फोटो लेने लगे और उससे बातचीत करने लगे।

आरती किसी तरह पत्रकारों और मिलने वालों को ठेलठाल कर समर के पास पहुँची।

'नील, तुमने तो कमाल कर दिया। ये कौन सा रूप था जिसे छिपाए बैठे थे।'

समर कुछ बोला नहीं, सिर्फ मुस्कुरा दिया। तब तक पत्रकारों ने फिर से फोटो के लिए कहा और समर के साथ आरती, उसकी प्रिंसिपल और एक-दो लोगों के साथ अख़बार के लिए फोटो लिए जाने लगे।

'अरे सुनो, तुम्हारी फोटो आई है अख़बार में।' रश्मि अख़बार लेकर समर के पास आई।

'अच्छा, देखें।' समर बोला।

'पढ़े-लिखे लोगों को थोड़ी नादानी दे मौला' नाम से ख़बर छपी थी जिसमें उसके भाषण के अंश प्रकाशित थे। साथ में वो चित्र भी जिसमें आरती उसके बगल में खड़ी है और वह सवालों के जवाब दे रहा है।

'यह औरत कौन है जो इतने करीब खड़ी है?' रश्मि ने चित्र को घूरते हुए पूछा।

'अरे, यह वहाँ पढ़ाती है। बाद में पता चला कि यह भी इलाहाबाद की है और सीएमपी कॉलेज में तीन दिन क्लास लेकर छोड़ दिया था।'

'तुमने कभी चर्चा नहीं की इसकी? यही फेसबुक फ़ॉलोवर थी क्या?'

'हाँ! कल ही तो पता चला मुझे।' समर सरासर झूठ बोल गया।

'अच्छा। तभी ऐसे चिपकी है।' रश्मि मुस्कुराते हुए बोली।

समर भी हँस पड़ा और बैग उठाकर ऑफ़िस के लिए चल दिया।

कश्मीरी गेट पर आरती खड़ी थी। जैसे ही समर दिखा, वह दौड़कर उसके गले लग गई। समर उसे अलग करने लगा तो उसने उसे और भी कसकर पकड़ लिया।

'क्या हो गया?'

'कुछ नहीं, बस ऐसे रहने दो।'

'अच्छा, मेट्रो आ गई।' समर ने उसका हाथ पकड़ कर मेट्रो के अन्दर खींचा और सीट पर बैठते हुए पूछा, 'क्या हुआ?'

'कुछ नहीं, तुम्हारे इतने पास खड़े होने का तोहफा मिला है।' आरती ने सिर झुका लिया।

'प्रकाश ने क्या कहा?'

'अख़बार में तुम्हारे साथ मेरी फोटो थी। उसे देखकर ये नाराज़ हुए और...' आरती की आंखें भर आईं। समर सीट से उठ गया और आरती को उतरने को बोला।

'अभी एक स्टेशन बचा है।'

वह कुछ नहीं बोला। बस आरती का हाथ पकड़ उसने स्टेशन पर उतार लिया।

वहाँ ज़्यादा लोग नहीं थे। उसने आरती की पीठ और सिर को सहलाया। गालों पर थपकी थी और बोला, 'अभी तुम सब भूलकर स्कूल जाओ। शाम को बात करेंगे।'

वह फिर उसे मेट्रो तक छोड़ने गया और वापस राजीव चौक आ गया।

‘तुम घर जाकर एकदम नॉर्मल बिहेव करोगी। बिल्कुल भी गुस्सा नहीं।’ समर ने शाम को वापस लौटते हुए आरती से कहा।

‘कैसे?’

‘मुझे याद कर लेना।’

आरती मुस्कुरा पड़ी।

‘तुम्हें पता आज रश्मि ने क्या कहा?’

‘क्या?’

फिर समर ने सुबह हुई सारी बातें बताईं, ‘गुस्से से कोई हल तो निकलता नहीं, अपना दिमाग ख़राब हो जाता है। माहौल भी और बदतर होता है। प्रकाश ने रिएक्ट किया है। बुरा तो लगता ही है, रिएक्शन तो रश्मि का भी था पर ज़रा कम। एक बात और अब ये सब बातें होंगी ही। अगर उनकी जगह हम होते तो शायद इससे भी बुरा रिएक्ट करते तो इन बातों को प्रसाद के तौर पर ही लेना।’

‘जी, गुरुजी।’ आरती के मन का तनाव कम हो गया था।

स्टेशन आ गया।

आरती उतर गई।

‘सुनो, कल सिद्धू की पेरेंट्स मीटिंग है। ऑफ़िस जाते हुए चले जाना,’ रश्मि ने कहा।

'तुम चली जाओ। मुझे फिर देर हो जाएगी।'

'अरे मुझे पता है, मेरा बेटा क्लास में सबसे अच्छा है, फॉर्मेलिटी ही है। एक सिग्नेचर मार कर चले जाना। अब हम जाएँगे तो तुम्हारा ख़र्चा ज़रा ज़्यादा हो जाएगा।' रश्मि मुस्कुराते हुए बोली।

'ठीक है। अब तो जाने के सिवा कोई विकल्प भी नहीं।'

रात के नौ बजने वाले थे। समर ने आरती को टेक्स्ट मैसेज किया, 'कल सिद्धू की पेरेंट्स मीटिंग है। गुझे देर होगी।'

जवाब नहीं आया।

सुबह-सुबह समर की नींद मोबाइल की रिंग से खुली। देखा तो आरती का कॉल था। एक बार उसने रश्मि की तरफ नज़र डाली। वह अभी सो रही थी।

'हाँ।'

'सर, मेरे फोन पर आपने यह क्या मैसेज भेजा है?' आरती ने बड़े औपचारिक अंदाज़ में पूछा।

'मतलब?'

'किसी पेरेंट्स मीटिंग से मेरा क्या लेना-देना?'

समर का दिमाग घूम गया।

'मतलब क्या है?'

'मतलब यह कि आपने किसे मैसेज भेजा पेरेंट्स मीटिंग को लेकर।' आरती का स्वर गीली लकड़ी के जैसे चट-चट हो रहा था।

समर को आभास हुआ कि शायद उससे कोई बात ज़बरदस्ती कहलवाई जा रही।

'मैंने अपने कुलीग को मैसेज किया था, हो सकता है यह आपके नाम पर सेंड हो गया हो। रात में जल्दी-जल्दी किया। सॉरी फॉर इन्कन्वेनिएंट।'

'ओह, सॉरी सर। मैं कुछ और समझ गई।' आरती ने फोन डिस्कनेक्ट कर दिया।

'किसका फोन है?' रश्मि ने करवट लेते हुए पूछा।

'अरे कोई रॉंग नंबर है।' समर ने सिर झटकते हुए कहा।

जब वह सिद्धू के स्कूल जा रहा था तो आरती का फोन आया।

'नील, मुझे माफ़ कर दो।'

'अरे, हुआ क्या था?'

'प्रकाश ने तुम्हारा मैसेज पढ़ लिया था। वह तुम्हें फोन करने वाले थे, फिर मैंने ही कहा कि मेरे फोन पर मैसेज आया, मैं ही बात करूँगी।'

'ओह, मुझे भी कुछ इस तरह की बात लगी। ख़ैर अब सब ठीक है? और तुमने फोन में पासवर्ड लगा कर क्यों नहीं रखा?'

'फोन में कुछ छिपाने को था ही नहीं इसलिए पासवर्ड कभी लगाया नहीं, तुम्हें बुरा तो नहीं लगा।'

'नहीं, मैं समझ गया था कि तुम ऐसे तो कभी मुझसे बात नहीं कर सकती हो। ज़रूर कोई बात है।'

'समर...'

आरती कहते-कहते रुक गई।

'हाँ, बोलो।'

'शाम को तो मिलोगे ना?'

'हाँ।'

'हम इंतज़ार करेंगे।' कहकर आरती ने फोन काट दिया।

'सिद्धार्थ क्रिएटिव तो बहुत है पर थोड़ा आलसी है और अपने मन का भी है।' पेरेंट्स मीटिंग में समर को सिद्धू का रिपोर्ट कार्ड दिखाती हुई टीचर बोली।

समर ने बिना कुछ बोले कार्ड पर दस्तख़त किए और जाने को हुआ।

'आपको अपने बच्चे के बारे में कुछ जानना नहीं, मिस्टर त्रिपाठी?'

'मैं जानता हूँ। मुझसे ज़्यादा कौन जानेगा?' समर मुस्कुराते हुए बोला।

'आपको उसकी पढ़ाई के बारे में, स्कूल के बारे में, उसकी एक्टिविटी के बारे कोई फ़िक्र नहीं होती?'

'अभी उसके खेलने और सेहत पर ध्यान देने के दिन हैं, मैडम। वह स्वस्थ रहे और ख़ुश रहे, इसकी फ़िक्र मुझे ज़्यादा है। बाकी रही पढ़ाई

की बात तो वह जितना हो सकता है, वह करता ही होगा। आप सब हैं, स्कूल है।'

'आप तो अलग तरह के पेरेंट हैं। लोग अपने बच्चे के बारे में क्या-क्या पूछते हैं पर आपका नज़रिया ही कुछ और है।'

समर मुस्कुराते हुए हाथ जोड़कर वहाँ से निकल गया।

'तुम कभी अपने बच्चों की पेरेंट्स मीटिंग में गई हो?' समर ने शाम आरती से पूछा।

'मैं ही जाती हूँ।'

'क्या होता है वहाँ?'

'अरे, ये भी कोई पूछने की बात है भला, बच्चा क्या करता है, स्टडी कैसी चल रही, कुछ प्रॉब्लम जो उसके दोस्तों से है वगैरह-वगैरह पर डिस्कस किया जाता है और क्या।'

'अच्छा तो बच्चा बताता नहीं?'

'बताता है, उसी को लेकर उसकी टीचर से बात करते हैं।'

'अच्छा, एक बात कहूँ। तुम बच्चे के प्रॉब्लम को लेकर दूसरे के पास जाने की बजाए उसे ख़ुद सॉल्व करने में मदद किया करो। इससे वह धीरे-धीरे आत्मनिर्भर बनेगा और समस्याओं को पहचानना भी सीख जाएगा।'

'अच्छा, जैसे मुझे बना-सिखा रहे।' आरती मुस्कुराते हुए बोली।

'मैं बच्चे की बात कर रहा था।'

'मैं भी तो बच्चा हूँ।' आरती लाड़ से बोली।

'अच्छा, चलो उठो, स्टेशन आ गया तुम्हारा।'

'नहीं जाना।'

'चलो, भागो।' समर उसको उठाते हुए बोला।

आरती हँसते हुए कश्मीरी गेट उतर गई।

आरती के साथ मैं कितनी दूर तक जा सकता हूँ? एक बार में एक से ही प्यार हो सकता है। रश्मि के साथ मैं क्या करने जा रहा हूँ। अभी इसे पता नहीं कि मेरे जीवन में कितना बदलाव आ चुका है? क्या बाकी जीवन ऐसे ही कटेगा? समर सोफे पर बैठकर एकटक छत को देखते हुए सोचता जा रहा था।

'क्या हो गया है तुम्हें?' रश्मि की आवाज़ से वह चौंक गया।

'मुझे क्या होगा, बस जीवन दर्शन पर कुछ बातें दिमाग में चल रही थीं।' समर ने चाय का कप लेते हुए कहा।

'यार, जब से मैं इलाहाबाद गई तब से मुझे ऐसा आभास हो रहा है कि कुछ ऐसी बात है जो तुम मुझसे छिपा रहे हो। देखो, दुःख-सुख अकेले नहीं झेला जाता।'

'चाय बहुत अच्छी बनी है।' समर बात बदलते हुए बोला।

'एक बात पूछें?'

'हाँ।'

'कहीं गर्भवती तो नहीं हो गए?' रश्मि ने इतनी ज़ोर से ठहाका लगाया कि समर के कप की चाय छलक गई।

'जब पेट फूलेगा तो दुनिया को पता चल जाएगा और तुम्हें तो सबसे पहले।' समर हँसता हुआ बोला पर मन में चल रहे अंतर्द्वंद्व में कोई कमी नहीं आई।

'बताओ ये पाप किसका है?' रश्मि सोफे पर पैर रखकर भारी आवाज़ निकालते हुए बोली।

'तुम्हें मज़ाक की सूझी है।'

'मज़ाक न करें तो और क्या? सब कुछ बढ़िया चल रहा, तुम्हारी नौकरी, बच्चे की पढ़ाई, हम सबका स्वास्थ्य। कोई तनाव नहीं, एक सुखी जीवन और परिवार को और क्या चाहिए? तुम ख़ामख़ा दार्शनिक बन रहे हो। जीवन बिना कष्ट के कट जाए, इससे बड़ा कोई दर्शन और कोई वरदान होगा क्या। हँसते-बोलते ऐसे ही समय कट जाए, तभी बेहतर है। तुम इसे इतना भारी बनाने पर क्यों तुले हो। सरलता और सहजता मैंने तुमसे सीखी और जानी पर वही खोकर तुम अपने अस्तित्व को खो दोगे और साथ ही पूरा परिवार इसकी लपेट में आ जाएगा।'

'मेरा एक कुलीग है। वह शादीशुदा है पर मैंने कल उसे एक दूसरी औरत के साथ घूमते देखा। क्या यह सही है?'

‘हमसे क्या मतलब। उस बात को लेकर तुम क्यों इतने टेंशन में हो। वो घूमें, बैठें, मरें जाके, हमें क्या लेना-देना।’

‘पर समाज ऐसा नहीं सोचता न।’

‘दुनिया में बहुत सारे लोग बहुत सारे काम कर रहे हैं। उन्हें लेकर बैठोगे तब तो हो चुका। तुम आजकल बहुत ज़्यादा सोचने लगे हो।’

‘मेरे सवाल का जवाब दो।’

‘कमाल है। तुम मुझसे सवाल का जवाब माँगते हो। आज तक मेरे हर सवाल का जवाब देने वाला, आज मुझसे सवाल कर रहा। क्या चक्कर है?’

‘ऊपरी चक्कर है।’ समर हँसा।

‘तुम्हारा भूत तो हम ही उतार देंगे।’ रश्मि मुस्कुराते हुए बोली।

‘अगर चुड़ैल हुई तो?’

‘तुम मज़ाक ही कर रहे हो न?’ रश्मि की भवें एकदम तन गईं।

‘क्यों, डर गईं?’

‘तुम बहुत इमोशनल हो। इसी इमोशन से मुझे डर लगता है।’

‘हा हा हा, चलो आज मास्टरजी ने मुझे बहुत समझाया लेकिन मैं अच्छा छात्र नहीं, सब गोल हो गया।’ समर ने हँसते हुए बची चाय ख़त्म की और लैपटॉप खोल लिया।

'आरती!'

'हाँ!'

'मैं ऐसे नहीं जी सकता, जब रश्मि के सामने जाते हैं तो लगता है कोई अपराध करके आए हैं। मन में हमेशा इतनी कशमकश चलती रहती है कि कुछ और सोच ही नहीं पाते।'

'मैं चली जाऊँ?'

'उससे तो और भी बुरा होगा। अभी तो कशमकश ही चल रही, फिर तो पागल ही हो जाएँगे।'

'फिर?'

'वही तो... कोई रास्ता ही नहीं सूझ रहा। तुम कुछ बोलोगी नहीं।'

'नहीं, क्योंकि इस मुद्दे पर बोलने को कुछ नहीं है। मैं सिर्फ तुम्हें जीना चाहती हूँ और कोई भी मेरे लिए मैटर नहीं करता है। एक दिन हम ख़ाक हो जाएँगे। वह दिन चालीस साल बाद का हो सकता है, चार साल बाद का हो सकता है, चार दिन बाद का हो सकता है या अभी चार मिनट बाद का भी हो सकता है।'

'पर मैं ऐसे नहीं सोच पाता हूँ। मैं सच बताऊँ तो स्प्लिट हो गया हूँ, बिखर गया हूँ तुम दोनों में। एक बात बताओ। मुझसे मिलने के बाद तुमने प्रकाश को या तुम्हें प्रकाश ने छुआ नहीं?'

'उन्होंने मुझे छुआ और मैंने निभाया।'

'लेकिन... मैं नहीं निभा पा रहा।'

'एक बात बताओ, नील, तुमने मुझे सच में स्वीकार किया है न?'

'तुम्हें क्या लगता है?'

'कभी-कभी लगता है कि मैं ज़बरदस्ती तुम तक आ गई।'

'मुझसे कोई भी ज़बरदस्ती नहीं कर सकता, स्वयं मैं भी नहीं... पर मुझे एक रास्ता चाहिए जीने का।'

'नील, अब कोई और रास्ता हो सकता है?'

'मैं तुम्हें आधे-अधूरे नहीं पाना चाहता। तुम मिलो संपूर्ण रूप से।'

'मैं तुम्हारी ही तो हूँ। तुम्हारी ही तो खोज में मैं भटकती रही। तुम पर अपने को समर्पित कर दिया है। अब तुम मुझे छोड़ दो या पा लो, तुम पर निर्भर करता है। तुम कैसे करते हो, मुझे नहीं पता। बस मुझे बता देना, मेरा स्टेशन आ गया है।' आरती उठते हुए बोली।

आरती के जाते ही समर फिर से विचारों की उधेड़बुन में खो गया।

शाम को समर जब घर पहुँचा तो रश्मि ने सिद्धू की डायरी उसे पकड़ा दी।

'टीचर को क्या पढ़ाकर आए?' मुस्कुराते हुए वो बोली।

'अरे, कुछ तो नहीं। वह बच्चों को लेकर कुछ बातें कर रहीं थीं तो मैंने भी कुछ शेयर कर लिया।'

'त्रिपाठी जी, आपको बुलाया गया है सिद्धू के स्कूल में। पढ़ लीजिए।'

समर ने डायरी देखी तो सिद्धू के स्कूल में पेरेंट्स समिट होने जा रही थी जिसमें उसे वक्ता के तौर पर आमंत्रित किया गया था।

'आप तो हर जगह सेट करके आते हो।' रश्मि मुस्कुराई।

'हाँ, पर तुम्हें आज तक सेट नहीं कर पाए।' समर भी मुस्कुराते हुए बोला।

'हम तो यार पहले से सेट हैं, तुम कहो तो।' रश्मि ने समर की हथेलियों से अपने चेहरे को भरते हुए उन्हें चूम लिया।

समर ने रश्मि की आँखों में देखा। उनमें आमंत्रण था। वह समर का हाथ पकड़ कर बेडरूम में ले जाने लगी।

'आई एम वैकेंट, फ़िल मी, कम विद योर डिज़ायर्स।' रश्मि की आँखें सुर्ख़ हो गईं।

समर रश्मि को ऐसे देख रहा था, जैसे कोई अजनबी हो।

'थकान है क्या?' रश्मि ने पूछा।

'हाँ, आज ज़्यादा काम था।'

'ये नौकरी छोड़ दो। तेरी दो टकिया दी नौकरी, रे मेरा लाखों का सावन जाए।' रश्मि ने फिर से समर को लाड़ किया और कोशिश की कि समर उसे प्यार करे, पर वह बुत बना रहा।

'जॉम्बी बन गए हो क्या। देखते नहीं, सामने एक जवान स्त्री का जिस्म है।' रश्मि झल्ला गई।

‘आज रहने दो... फिर कभी...’ रश्मि को अपने ऊपर से हटाते हुए समर बोला।

‘फिर कब, मुझे डेट-टाइम बता दो। यह तुम ही थे कि ऑफ़िस जाने से पहले भी...’ रश्मि का वाक्य पूरा नहीं हुआ कि समर ने उसके होंठो पर उँगली रख दी। रश्मि चुपचाप उठी और कपड़े संभालने लगी।

‘आज शाम को सिद्धू के स्कूल में जाना है।’ समर ने आरती को बताया।

‘अच्छा। कोई कार्यक्रम है क्या?’

‘हाँ, पेरेंट्स समिट है जिसमें मुझे बोलने के लिए बुलाया गया है।’

‘वैसे ही बोलना जैसे मुझसे बोलते हो। सब फैन हो जाएँगे।’ आरती मुस्कुराते हुए बोली।

‘मैं जब बोलूँगा तो फेसबुक से देखना लाइव। रश्मि से बोलूँगा कि वह लाइव रिकॉर्डिंग करे।’

‘ठीक।’ रश्मि की बात पर आरती गंभीर हो गई।

थोड़ी देर कोई कुछ भी नहीं बोला। फिर केन्द्रीय सचिवालय आ गया।

‘ख़याल रखना और अच्छे से बात रखना। हमारे बच्चे भी देखेंगे।’ आरती मेट्रो से उतर गई। समर उसे जाते हुए देखता रहा।

शाम को समर ने रश्मि को फोन दे दिया और रश्मि ने फेसबुक लाइव कर दिया। औपचारिकताओं के बाद समर को मंच पर बुलाया गया। बच्चों और अभिभावकों से हॉल खचाखच भरा था, समर ने बोलना शुरू किया।

'प्रिय मित्रो, जो बात मैं कहने जा रहा हूँ वह अभिभावकों के लिए ही है। यदि बच्चे बोर होते हैं तो उन्हें घूमने-फिरने दीजिएगा। हम आपस में बातचीत करते हैं।

साथियो! हम सभी यह बहुत गंभीरता के साथ चर्चा करते हैं कि कैसे पढ़ाई हो? कैसे सिलेबस पूरा करवाया जाए या कोई काम कैसे किया जाए पर मेरा मानना है कि इससे भी महत्त्वपूर्ण यह है कि क्या किया जाए? बिना जाने कि 'क्या' करने योग्य है, हम 'कैसे' पर आ जाते हैं जो ज़्यादा सही नहीं होता।

मानव समाज का लक्ष्य जीवन को सुविधापूर्ण, सुखी एवं सुव्यवस्थित बनाना है। बालक को समाज के तौर-तरीकों के बारे में व उनके प्रयोग विधियों के बारे में बताया जाता है और यह सुनिश्चित करने का प्रयास किया जाता है कि बच्चा स्टैंडर्ड के अनुरूप व्यवहार करना सीखे। किन्तु सारे प्रयासों के बाद भी हमें पीढ़ी-दर-पीढ़ी उनके व्यवहार, आदतों इत्यादि में परिवर्तन देखने को मिलते हैं। इसकी वजह से पूरी तरह से ना कोई बात ट्रांसफ़र कर सकता और ना ही कोई एक्सेप्ट कर सकता है। इस बात को समझने की आवश्यकता है कि बालक अपनी आवश्यकताओं और रुचियों के आधार पर किसी बात को स्वीकार करता है। यह संभव है कि उसकी रुचि तात्कालिक परिस्थितियों के अनुकूल न हो तो परम्परागत

मानकों के हिसाब से वह दंड का भागीदार बनता है। यहीं से बालक के साथ अनुशासन वाली समस्या पैदा होती है। यदि यहाँ दंड या दबाव का तरीका न अपनाकर तर्क और प्यार का प्रयोग किया जाए तो बच्चों में समझ विकसित हो सकती है। इसके लिए अध्यापक या माता-पिता को चाहिए कि हर बात की ज़रूरत तथा उसकी उपयोगिता के बारे में रुचिपूर्वक एवं विस्तार से चर्चा-परिचर्चा करें। दैनिक जीवन में उनके प्रयोग के बारे में जानकारी दें। लेकिन ध्यान रहे कि अध्यापक, माता-पिता यह देखें कि ज़रूरी बातें कौन-कौन सी हैं तथा समय के साथ कौन से मूल्य अपनी प्रासंगिकता खो चुके हैं। बच्चों को शिक्षा देते समय एक और बात पर विशेष ध्यान देने की आवश्यकता है कि सीखने की प्रक्रिया बाध्यकारी या बन्धनकारी न होकर स्वतः स्फूर्त हो क्योंकि अच्छी शिक्षा व्यक्ति को बंधनों से मुक्त करती है न कि बांधती है।

साथियो, मैं कुछ मूल्यों की भी बात करूँगा। मानव का अंतिम लक्ष्य सुखी होना है, उसके लिए मानव सम्बन्ध बनाता है। यह समाज सम्बन्धों के आधार पर बनता है। मानव सम्बन्ध में जीते हैं। इन्हीं सम्बन्धों में मूल्य निहित है। देखा जाए तो मूल्य एक प्रकार से सामाजिक अपेक्षाएँ हैं, किन्तु शाब्दिक अर्थो में मूल्य किसी भी वस्तु का स्वभाव है जैसे पानी का स्वभाव है कि वह प्यास बुझाता है, चावल का स्वभाव है कि वह शरीर का पोषण करता है। इसी तरह मानव का भी स्वभाव है कि वह सुखी होना चाहता है।

अब प्रश्न यह उठता है कि इन मूल्यों को बालकों को सिखाया या समझाया कैसे जाए तो इसका सर्वोत्तम उपाय है कि उनमें सेवा भाव तथा परोपकारिता की भावना को प्रोत्साहित किया जाए ताकि बालक प्रैक्टिकली मूल्यों को समझ सके। एक सामान्य सी बात है कि बालकों

का ध्यान सेवा की ओर जल्दी जाता है बनिस्बत वयस्क के। वे माता-पिता, दादा-दादी, नाना-नानी के प्रति सजग रहते हैं। परिवार में सेवा के माध्यम से बच्चों में कृतज्ञता, विश्वास, स्नेह, सम्मान जैसे भाव विकसित किए जा सकते हैं। अध्यापक और माता-पिता इन बातों को ध्यान में रखकर बच्चों को शिक्षा दें तो इस प्रकार के बालक आगे चलकर प्रत्येक प्रकार की विद्या और शिक्षा को अपने मूल्यों के आधार पर माप सकेंगे जिससे वर्तमान तथा आने वाली पीढ़ी सुखी और सुव्यवस्थित मानव समाज की ओर बढ़ पाएगी।'

जैसे ही समर अपनी बात ख़त्म करके मंच से नीचे आने लगा, वैसे ही तालियों से हाल गूँज उठा। हर कोई उससे मिलना और बात करना चाहता था। स्कूल मैनेजमेंट ने डिनर के वक्त उसे स्टूडेंट-पैरेंट काउंसलर पोस्ट का ऑफ़र दिया पर समर ने वॉलंटियर के तौर पर ही आना स्वीकार किया।

'आपने तो कमाल कर दिया, त्रिपाठी जी।' रश्मि ने चहकते हुए कहा।

समर मुस्कुरा कर रह गया।

'मुझे लगता है कि मैं अभी बहुत कम जान पाई तुम्हें। पता नहीं क्या-क्या गुण छिपा कर बैठे हो।'

'अरे कुछ नहीं, ये तो बस ऐसे ही था। जो सोचता हूँ, वह बोल दिया।' समर ने कहा।

'पर तुम्हारे ज़्यादा सोचने से कभी-कभी मैं डर जाती हूँ।' रश्मि ने अपना सिर समर के कंधे पर टिका दिया।

'तुमने तो एक बार फिर कमाल कर दिया, नील।' आरती समर का हाथ अपने हाथों में लेती हुई बोली।

समर को ख़याल आया कि रश्मि भी कुछ इस तरह की बात कर रही थी। वह कुछ नहीं बोला, सिर्फ मुस्कुरा कर रह गया।

'बच्चों को तो कुछ समझ में नहीं आया होगा?' समर ने पूछा।

'इस बच्चे को सब समझ में आया।' आरती मुस्कुराते हुए बोली।

'हाँ, दरअसल मैंने यह कोशिश की थी कि पेरेंट्स को समझ में आए।'

'तुमको जितना जानने लगी हूँ, सोचती हूँ कम है।' आरती बोली।

समर को फिर रश्मि क्लिक कर गई। उसके चेहरे पर फिर एक फीकी मुस्कुराहट आ गई।

'चलो, स्टेशन आने वाला है। शाम को पार्टी होगी।' आरती ने कहा।

'सिर्फ टिक्की खाएँगे।' आरती टेबल पर टिक्की रखते हुए बोली।

'क्यों? मैं कोल्ड ड्रिंक ले आता हूँ।' समर उठते हुए बोला।

आरती ने कंधा पकड़ कर उसे बिठा दिया। 'ये कमर देख रहे हो मेरी, टायर बन रहे।' उसने समर का हाथ अपनी कमर पर रखते हुए कहा।

'मुझे कोई फर्क नहीं पड़ता।' समर मुस्कराते हुए टिक्की खाने लगा। इतने में आरती ने उसकी टेबल पर कोल्ड ड्रिंक की एक बोतल लाकर रख दी।

'आराम से पीना, उस दिन की तरह नहीं, समझे।'

'समझे, पर एक बात बताओ। मेरी कमर पर भी टायर बन सकता है?'

'मुझे भी कोई फर्क नहीं पड़ेगा।' आरती मुस्कुराते हुए बोली, 'थोड़ा मेरे लिए बचा देना।'

'सुनो, मैं कई दिनों से एक बात नोट कर रही हूँ कि तुम्हारी डाइट कम होती जा रही है। क्या बाहर कुछ खा कर आते हो?' रश्मि ने डाइनिंग टेबल से रोटियाँ उठाते हुए पूछा।

'डाइटिंग कर रहा हूँ। देख नहीं रहीं, मेरी कमर पर कितने टायर बनते जा रहे हैं।' समर हँसने लगा।

'वह तो है पर तुमने कढ़ी और चावल भी खाने छोड़ दिए। वह तो तुम्हारा फेवरेट था।'

'देखो, एक कहावत है कि खाओ अपने मन का, पहनो दूसरे के मन का। अब ये सब छोड़ो ना।'

'तुम ज़्यादा ही मन की अलगौझी करने पर उतारू नहीं होते जा रहे हो?'

समर कुछ नहीं बोला। चुपचाप उठकर वॉश बेसिन की ओर चला गया।

'तुम मेरी बात का जवाब नहीं दोगे?' रश्मि पीछे-पीछे आई।

'यह कोई सवाल ही नहीं है। मेरा खाना-पीना तुम थोड़े तय करोगी?'

'फिर कोई और तय करेगा?'

'मुझे जो अच्छा लगेगा वही खाऊँगा और इन सब बातों पर बहस करना फालतू है।'

'और जो तुम कर रहे हो? ये जो तब्दीलियाँ तुम्हारे व्यवहार में आ रही हैं, वह तो पहले कभी नहीं आईं। तुमने पहले कभी अपने फोन में पासवर्ड नहीं लगाया। आज मैंने देखा इसमें लॉक लग गया है। लॉक किसके लिए लगाया है? खाने में, ऑफ़िस टाइमिंग में, फोन में हर जगह तुम कुछ बदलाव कर रहे हो। कुछ भी पूछती हूँ, बस गोल-मोल जवाब देते हो। मुझसे बचते हो, भागते हो। ऐसा क्यों हो रहा?'

'तुमको क्या लगता है?'

'तुम्हारा कहीं कोई चक्कर चल रहा।'

'फिर अब तुम क्या करोगी, अगर मैंने कहा कि मेरा चक्कर चल रहा है?'

'ये तो कंफर्म हो जाए, फिर बताऊँगी कि क्या करूँगी लेकिन यह ठीक नहीं।'

'क्यों छोटी-छोटी बातों को इतना खींचती हो? चलो यहाँ से।'

समर रश्मि को बेडरूम में ले आया और बोला, 'मुझसे बहस मत किया करो, कितनी बार कहा है।'

'पर मैं क्या करूँ। मुझे बार-बार लगता है कि कुछ ऐसा है जो मुझे जानना चाहिए और मैं नहीं जानती। कुछ ऐसा जो मेरे पास था और अब धीरे-धीरे मेरे हाथ से फिसल रहा है।' रश्मि भरे गले से बोली।

समर ने रश्मि को गले से लगा लिया और उसकी पीठ पर हाथ फेरने लगा।

समर और आरती ने एक नई दुनिया बना ली थी। यह सुबह नौ से पाँच की दुनिया थी। समर की शायरी में मुहब्बत जवान हो रही थी। दिन-महीने बीतते जा रहे थे।

'सुनो, हमारे स्कूल से एक ट्रिप जा रहा है मुंबई, तुम चलोगे?' एक दिन आरती ने पूछा।

'तुम्हारे स्कूल के ट्रिप में मैं कैसे चल सकता हूँ?'

'बुद्धू ही रहोगे। मैंने कब कहा कि स्कूल के ट्रिप में जाओ। तुम भी चलो। अलग से टिकट ले लेना।' आरती ने आँखें नचाईं।

'अच्छा, तुम स्कूल ट्रिप में और मैं अकेले वहाँ क्या करूँगा?'

'हम लोग साथ में रहेंगे। बस कह दिया तो कह दिया। चार दिन का ट्रिप है। आज तैयारी कर लो। परसों सुबह रवानगी।'

'अरे, तुमने एकदम से हुकुम दे डाला।'

'अब तुम जानो, मैंने तो कह दिया।'

'अच्छा, चलो सोचेंगे।'

'अब चाहे जो भी करो, परसों मेरी ट्रेन में तुम चाहिए-ही-चाहिए।' आरती मेट्रो से उतरती हुई बोली।

ऑफ़िस पहुँचते ही समर ने सबसे पहले ट्रेन रिज़र्वेशन कराया, फिर आरती को फोन लगाया।

'तुम पहले से क्यों नहीं बतातीं। कोई भी बात ऐन मौके पर नहीं बताई जाती, कुछ तो समय दिया करो।'

'हाँ, दिया था न। पन्द्रह बरस पहले पूरे दो दिन का समय दिया था पर तुम तो कुछ तय ही नहीं करते इसलिए हम तुम्हें अब और समय नहीं देंगे। और एक बात, हमारे बीच में सिर्फ एक ही बात निश्चित है और वह है हमारा प्यार, बाकी सब अनसर्टेन है, नील। सब इंस्टेंट है, कुछ भी पहले से तय नहीं।'

'फिर भी पहले से पता होने से चीज़ें आसान हो जाती हैं।'

'बहुत कठिन है, डगर पनघट की।'

'चलो, देखते हैं।' कहकर समर ने फोन रख दिया।

'परसों मुंबई जाना है। कम्पनी का ऑफ़िशियल विज़िट है। दो दिन का काम है।' समर ने रश्मि को बताया।

'एकदम अचानक?' रश्मि भौंचक्की रह गई।

'हाँ। कम्पनी के इंस्ट्रक्शन इंस्टेंट ही होते हैं।'

'चलो, ठीक है। बता दो, क्या ले जाना है, मैं पैकिंग कर दूँगी।'

'मैं हाफ डे लेकर चली जाऊँगी क्योंकि पैकिंग ख़ुद ही करनी है और कुहू साथ में चलेगी क्योंकि वह अभी बहुत छोटी है। मेरे बिना वह नहीं रह पाएगी।' आरती ने समर से कहा।

'इतने छोटे बच्चे के साथ तुम मैनेज कर लोगी ट्रिप?'

'मुझे कुछ नहीं करना। मेरे साथ कई टीचर्स जा रहे हैं। मैं तो सिर्फ ऑब्ज़रवेशन के लिए जा रही हूँ। मैनेजमेंट को बता दिया था पहले कि बच्ची बहुत छोटी है। उसे छोड़ कर नहीं जा सकती, उन्होंने कहा कि साथ लेकर जाना और सिर्फ ऑब्ज़र्व करना है और फिर साथ में तुम हो तो मुझे कोई चिंता ही नहीं है।' आरती ने इत्मीनान के साथ कहा।

'चलो, ठीक।'

'सुनो, मेरे पेट में उथल-पुथल मच रही है।'

'वॉशरूम जाना हो तो अगले स्टेशन पर उतर जाते हैं।'

'अरे नहीं। यह सोच कर कि हम एक साथ जा रहे।'

'पागल!' समर ने आरती की पीठ पर प्यार से एक धौल जमाया।

सुबह जब समर घर से निकलने लगा तो रश्मि भी उसे छोड़कर आने की ज़िद करने लगी। जब वे दोनों निज़ामुद्दीन रेलवे स्टेशन पहुँचे तो वहाँ आरती को खड़ा देख रश्मि उसे पहचानने की कोशिश करने लगी।

'ऐ सुनो। यह वही न्यूज़ पेपर वाली है जो तुम्हारे बगल में खड़ी थी!'

'रुको, मुझे रिज़र्वेशन चेक करने दो।' समर ने जानबूझ कर इग्नोर किया।

उधर प्रकाश आरती को स्टेशन तक छोड़ने आया था। उसने जब प्लेटफॉर्म पर समर को देखा तो आरती से पूछा, 'क्यों ये तो वही पेपर वाला है जिसकी फोटो में साथ तुम खड़ी थीं!'

'रुकिए, बच्चों को गिन लें।' आरती ने भी बात को जानबूझ कर इग्नोर किया।

ट्रेन के प्लेटफॉर्म पर लगते ही आरती और समर सीट चेक करने में बिज़ी हो गए। रश्मि धीरे-धीरे आरती के कोच की तरफ जाने लगी।

'हेलो! आपका नाम आरती है?'

'जी, आप कौन?' आरती ने दूर से समर के साथ रश्मि को खड़े देखकर यह अनुमान तो लगा लिया था कि वह रश्मि होगी फिर भी अजनबियत दिखाते हुए पूछा।

'आप शायद मुझे नहीं जानतीं लेकिन मैं आपको जानती हूँ। आप डीपीएस में पढ़ाती हैं।' रश्मि ने कहा। प्रकाश उन दोनों की बात सुन रहा था, वहीं समर विंडो से सीट ढूँढ़ने का बहाना करते हुए यह सब देख रहा था।

'हाँ।'

'मैं समर की वाइफ रश्मि हूँ।'

'ओह! बहुत ख़ुशी हुई आपको देखकर। उस दिन जब सर हमारे स्कूल में आए थे तो आपके बारे में चर्चा कर रहे थे।' आरती रश्मि से हाथ मिलाते हुए बोली।

'पर यहाँ कैसे?'

'त्रिपाठी जी दो दिन के लिए मुंबई जा रहे ऑफ़िशियल वर्क से सो उन्हें सी ऑफ करने आई थी।'

'बहुत अच्छा किया। इस बहाने आपसे मुलाकात हो गई।'

'आपका ट्रिप कितने दिन का है?'

'है तो तीन दिन का पर लग जाएँगे पाँच दिन।'

'अच्छा।'

तब तक प्रकाश पास में आ गया।

'त्रिपाठी जी कहाँ हैं, दिख नहीं रहे?' उसने रश्मि को नमस्ते करते हुए पूछा।

'सीट कंफर्मेशन देख रहे थे। अर्जेंट बुकिंग थी।' रश्मि ने प्रकाश को नमस्ते करते हुए कहा।

गाड़ी ने सिग्नल दे दिया।

'अच्छा चलती हूँ, देखूँ ये कहाँ खो गए।' रश्मि जल्दी-जल्दी समर की कोच के पास जाने लगी।

‘तुम्हें पता था क्या कि त्रिपाठी भी मुंबई जाने वाला है?’ प्रकाश ने आरती का सामान सीट पर रखते हुए पूछा।

‘मुझे कैसे पता चलेगा? अजीब बात करते हैं आप। चलो, आप जाओ अब। ख़याल रखिएगा अपना और विभु का। अब मैं जा रही हूँ। अब आटे-दाल का भाव पता चलेगा।’

‘ऐसे कह रहीं जैसे वापस नहीं आओगी।’ प्रकाश हँसते हुए बोला।

गाड़ी चल दी।

प्रकाश नीचे उतर आया और विंडो के साथ-साथ चलने लगा। उधर रश्मि भी समर की विंडो के साथ-साथ चल रही थी। गाड़ी की रफ्तार तेज़ हो गई तो प्रकाश रुक गया और सीढ़ियों की तरफ जाने को मुड़ा तो रश्मि से फिर मुलाकात हो गई।

‘गाड़ी थोड़ी और देर रुकती तो त्रिपाठी जी से मुलाकात कर लेते। बस अख़बार में ही देखा था।’ प्रकाश बोला।

‘कोई बात नहीं, भाई साहब। आप दिल्ली में कहाँ रहते हैं?’

‘यहीं, रोहिणी में।’

‘अच्छा लगा आप लोगों से मिलकर।’ कह कर रश्मि मुड़ी और स्टेशन से बाहर निकल आई।

समर खिड़की पर सिर टिकाए थोड़ी देर रश्मि को जाते देखता रहा, फिर प्लेटफॉर्म को छोड़ती गाड़ी और भागदौड़ करते लोगों को देखने लगा।

सब कितना नाटकीय था। खिड़की के साथ वेंडर भाग रहे थे। कुछ चाय लेकर, कुछ पानी और कोल्ड ड्रिंक लेकर। एक यात्री ने एक बोतल पानी लिया और एक सौ रुपये का नोट दिया पर वेंडर के पास छुट्टे नहीं, सो सौ रुपये का नोट उसी के पास रह गया है। गाड़ी प्लेटफॉर्म छोड़ चुकी है। यात्री की गाली समर के कानों में पड़ रही है। कोच में कुछ जनरल टिकट वाले लोग आ गए हैं। वो इधर-उधर देख रहे कि सीट खाली हो और बैठ जाएँ, कहा-सुनी भी हो रही है।

'अरे भाई, मेरा रिज़र्वेशन है।' रिज़र्वेशन वाले यात्री ने अपने पैर पूरी सीट पर फैलाते हुए उसकी ओर हिकारत भरे शब्द फेंके।

'इसी रिज़र्वेशन की ही राजनीति देश में चल रही है। हमारी तो जैसे कोनो पूछ ही नहीं, रिजर्वेशन करा लिया तो मालिक बन बैठे, मथुरा जाने को हवे। चुप्पेचाप बेठे दो नहीं तो मथुरा टेशन पहुँचते ही तुमाय कसिके तिलक कर दैंगो।' जनरल टिकट वाले ने हनक दिखाई। रिज़र्वेशन वाला सकपका कर चुप हो गया। समर यह सब देख रहा था कि आरती आ गई।

'आज तो मज़ा आ गया।' आरती हँसते हुए बोली।

'तुम्हें हँसी आ रही है।'

'तुम हो तो यह हँसी है, कहो तो हँसना बंद कर दें।'

'बात वह नहीं है। मैं नहीं चाहता कि रश्मि तुमसे या प्रकाश से मिले, पर आज उसने ज़िद ही कर ली सी ऑफ करने की।'

'सेम हियर डियर पर अब सब छोड़ो। वहाँ सब सीट एडजस्टमेंट में लगे हैं, बिटिया वहीं पर है। मैं तुमको देखने आई थी, अभी थोड़ी देर में बच्ची को यही लाऊँगी।'

‘तुम्हारे टीचर्स क्या कहेंगे?’

‘अरे वो सब अपने में बिज़ी हैं। उनकी चिंता न करो। मैं मैनेज कर लूँगी,’ कहकर आरती वापस दूसरे कोच में चली गई।

समर फिर खिड़की से बाहर देखने लगा। सारी चीज़ें उलटी तरफ भाग रही हैं, बस सूरज ही साथ में चल रहा है। ऐसा क्यों? नवम्बर का महीना अपनी ख़ूबसूरती को धरती पर उड़ेल रहा था। हवाओं में ठंड की ख़ुशबू थी। घास पर ओस के मोती अभी भी बिखरे हुए थे। समर एक पल के लिए अपने आसपास की चीज़ों को भूल गया। वह अपनी जगह से उठा और गेट पर खड़ा हो गया। ट्रेन छोटे-छोटे स्टेशनों को छोड़ते हुए भाग रही थी।

मोर ने पंख समेट लिए हैं। नीले आसमान में रुई के फाहे जैसे बादल यत्र-तत्र दिख जाते हैं। तलछटी में शैवालों को समेटे जमुना के किनारे काँस पर बर्फ के जैसे फूल निकल आए हैं जिससे लिपटकर हवा अपने में ठंड को और गहराती जा रही है। ऐसा लगता है कि चाँद ने अपनी दूधिया चांदनी जमुना तट पर उड़ेल दी हो।

ट्रेन दिल्ली को छोड़ रही थी। खेत शुरू हो गए थे। खेतों में धान की बालियों पर सोना मढ़ते देख समर को अनायास रश्मि के कानों में बालियों की तरह लटके झुमकों की याद आई। समृद्ध प्रकृति हर तरफ समृद्धता बिखेर रही थी। क्षितिज पार से कार्तिक का महीना दीवाली का संदेशा दे रहा था। मिलन हमेशा मधुर होता है।

समर बाहर के दृश्य देखने में व्यस्त था। इस दौरान आरती अपनी बेटी के साथ बैग एंड बैगेज लेकर समर के पास आ गई और उसने साथ वाले यात्री से अनुरोध किया कि वह उसकी सीट पर चला जाए। यात्री ने उसकी बात मान ली।

'कुहू, सर को नमस्ते करो।' आरती ने बिटिया से कहा।

'नमत्ते!' कुहू दोनों हथेलियों को पास में लाते हुए तुतलाई।

समर ने उसे गोद में ले लिया।

'अरे वाह, यह तो किसी के पास जाती तक नहीं, तुम्हारे पास कैसे चली गई।'

'जैसे उसकी माँ चली आई।' समर ने मुस्कुराते हुए धीरे से बुदबुदाया।

आरती भी मुस्कुरा उठी।

कुहू खिड़की के पास बैठना चाहती थी। समर उसे गोद में लेकर वहीं बैठ गया। खिड़की से भागते पेड़ों, खम्भों, जानवरों, मैदानों को देखते कुहू बड़े उत्साह में थी। समर उसे दुनिया भर की बातें बताने में जुटा था। गाड़ी एक स्टेशन पर रुक गई। एक खिलौने वाला बच्चे को देखकर बाहर से उसे खिलौने दिखाने लगा तो कुहू एक टॉय हेलीकाप्टर लेने की ज़िद करने लगी। समर ने तुरंत उसे ख़रीद कर दिया। वह उससे खेलने लगी। आरती दूसरे कम्पार्टमेंट में गई थी। वह जब आई तो कुहू उसे अपना खिलौना दिखाने लगी।

'तुमने खिलौना क्यों लिया? उसके पास बहुत से खिलौने हैं और मैं लेकर भी आई हूँ।' आरती बोली।

'मुझसे ये सब बातें ना करो। कुछ खाने-वाने का हो तो दे दो, भूख लगी है।'

आरती साथ पूड़ियाँ बना कर लाई थी। उसने समर को खाने के लिए दीं तो समर कुहू को भी उसमें से छोटे-छोटे कौर खिलाता गया।

खिड़की के पास बैठी कुहू को हवा लगने से धीरे-धीरे नींद आने लगी और वह समर की गोद में ही सो गई।

'तुमने कुछ नहीं खाया?' समर ने पूछा।

'तुम्हें खाते देखकर मेरा भी पेट भर गया।' आरती मुस्कुराई।

'खाना निकालो।'

आरती ने फिर से खाना निकाला और समर की तरफ बढ़ा दिया। समर कौर बना कर आरती को अपने हाथों से खिलाने लगा। आरती की आँखें भर आईं।

'क्या हुआ?'

'बचपन में मम्मी ने खिलाया था या कि अब तुम खिला रहे हो।'

समर कुछ नहीं बोला। उसे खिलाता रहा।

'पेट भर गया?' समर ने पूछा।

'हाँ'

'अब?'

'सोना है।'

‘सो जाओ।’

‘तुम्हारी गोद में।’

समर ने कुहू को अपने ही पास सीट पर लिटा दिया और आरती का सिर अपनी गोद में रख कर उसे सहलाने लगा।

आरती एक हाथ कुहू पर और एक हाथ समर के पैरों पर रखे थी।

‘तुम कहाँ रुकोगी?’ समर ने पूछा।

‘होटल में... क्यों?’

‘मुझे रूम बुकिंग करवानी है।’

‘सुबह कर लेना।’

‘और सुबह बुकिंग ना हो पाई तो?’

‘अच्छा अभी कर लो।’ आरती आँखें बंद किए हुए बोली।

‘तुमको उठना पड़ेगा।’

आरती उठी और कुहू को लेकर अपनी सीट पर लेट गई।

समर होटल में रूम बुकिंग करने लगा। आरती जिस होटल में रुकी थी, उसी में समर ने एक रूम की बुकिंग की और फिर आरती की तरफ देखा। वह एकटक उसकी तरफ निहार रही थी।

‘तुम सोई नहीं?’ समर ने पूछा।

‘किस कमबख्त को नींद आती है। मैंने तो तुम्हारी आज्ञा का पालन किया, ज़रा खिड़की खोलो और बाहर देखो चांदनी कैसे झर रही।’ आरती मुस्कुराते हुए बोली।

समर ने खिड़की खोल दी। वह बाहर की चांदनी से परिचित था।

'आरती, मैं डरता हूँ।'

'किस बात से?'

'कि मैं पूरी तरह से तुम्हें पा लूँगा।'

'अभी तक क्या अधूरे स्वीकार किया है तुमने।'

'शायद।'

'शायद क्यों, तुम मुझे पूरा पा लो, कौन रोकता है?' आरती ने समर के कंधों पर अपने सिर को टिका दिया और खिड़की से बाहर देखने लगी।

'शायद इसलिए कि तुम्हें पूरा पाने के लिए तुम्हें और मुझे दोनों को कहीं से कुछ खुरच-खुरच कर निकालना पड़ेगा।' समर ने आरती की दोनों हथेलियाँ अपने हथेलियों में ले लीं।

'मैं तुम्हारी हूँ। अब तुम जो करोगे, कहोगे, वह सब मुझे स्वीकार है। तुम मुझे धकेल दो या खींच लो।' आरती ने कहा।

'आरती, क्या तुम अपने मन में प्रकाश को लेकर जद्दोजहद नहीं पातीं?'

'सुनो नील, ऐसी बातें ना करो अभी। सिर्फ मुझे देखो और बाहर बरस रही चांदनी को देखो। ये सब ऐसे सवाल हैं जिनके जवाब दुनिया की उत्पत्ति के जवाब ढूँढ़ने से भी कठिन हैं। मैं तुम्हारे पास हूँ तो सिर्फ तुम्हारे पास हूँ। एक बूँद भी किसी के पास नहीं। तुम पर मैंने अपना सब कुछ निछावर कर दिया है। तुम जाने किस दुविधा में हो। अब मेरे पास मेरा ही कुछ नहीं, तुम्हारी उधारी पर साँसें और धड़कन चल रही।'

‘तुम क्या मेरे साथ रह सकती हो?’

‘और किसके साथ हूँ?’

‘नहीं, शादी करके?’

‘समर, तुम तो कहते हो हमारे रिश्ते को समाज परिभाषित नहीं कर पाएगा, फिर तुम समाज से सर्टिफ़िकेट क्यों लेना चाहते हो।’

समर ने आरती को अपने और पास खींच लिया और उसके सिर पर अपनी ठोड़ी रखकर बोला, ‘मैं बहुत अधीर हो गया हूँ।’

‘छोड़ो ये सब बातें। बस महसूस करो, इस दुनिया में हमारे अस्तित्व के सिवा और किसी का वजूद नहीं। बस मैं और तुम।’ आरती ने अपना सिर समर के सीने से लगा लिया।

‘जब तुम होती हो तो लगता है, यही सच है और जब नहीं होतीं तो लगता है कि तुम एक ख्वाब हो।’ समर आरती के बालों में हाथ फिराते हुए बोला।

‘ज़्यादा ना सोचा करो। यह बताओ तुम्हारा होटल कहाँ है?’

‘बस अपना ही समझो।’ समर मुस्कुराया।

‘क्या ग्रैंड विला में?’

‘हाँ जी।’

आरती ने सिर ऊपर उठाया और समर के कंधे चूम लिए। फिर वो चांदनी की नदी को धरती पर बहता निहारते-निहारते कब सो गए, किसी को पता नहीं चला।

एक स्टेशन पर भीड़ की चीख-चिल्लाहट सुन कर समर की आँखें खुल गईं। आरती उसके सीने से लगी सो रही थी। उसने उसे धीरे से उठाया।

सुबह होने वाली है।

समर होटल पहुँचने के बाद सो गया। फोन की आवाज़ से उसकी नींद खुली।

'हे भगवान! सो गए थे क्या?' आरती फोन पर थी।

'थकान थी और रात में तुम सो गईं और मैं जागता रहा।'

'तुम सच में अलग ही दुनिया के हो।'

'मतलब?'

'मतलब यह कि मैंने कहीं पढ़ा था कि आदमी औरत के साथ सोना तो सीख गया पर जागना नहीं सीख पाया... पर तुम्हें तो किसी औरत के साथ जागना भी आता है।'

'काम बताओ किसलिए फोन किया था?' समर ने उनींदे ही पूछा।

'काम तो बहुत है पर तुम अभी सो जाओ। शाम छः बजे सभी लोग बीच पर जा रहे हैं। मैंने समंदर कभी नहीं देखा। मैं पहली बार समंदर तुम्हारे साथ देखूँगी। इसलिए जब सब आ जाएँगे तब हम लोग चलेंगे।' आरती बोली।

'जो भी हो, फोन कर देना।' कह कर समर ने फोन काट दिया और फिर से सोने की कोशिश करने लगा पर नींद उचट गई थी। उसने रश्मि को फोन मिलाया। थोड़ी देर तक रश्मि और सिद्धू से बात की। फिर नहाने चला गया। जब उसे भूख महसूस हुई तो उसे याद आया कि रश्मि ने कुछ नाश्ता रखा था। उसने बैग खोला तो उसमें लड्डू और नमकपारे रखे थे। बहुत करीने से उसके कपड़े रखे थे। उसका लैपटॉप तौलिये में लपेटा रखा था। समर के दिल में एक हूक सी उठी। कोई भी सुख क्या किसी के दुःख की कीमत पर आता है। आरती भी क्या इस स्थिति से गुज़र रही होगी। प्रकाश पर मुझे लेकर क्या बीत रही होगी। सब थोड़ा-थोड़ा जान रहे हैं पर सभी इसे भ्रम समझने की कोशिश में हैं। क्यों? सभी लोग किस बात के इंतज़ार में हैं? समर को ख़ुद पर झुँझलाहट हो रही थी। वह यहाँ क्यों है? आरती के लिए। क्या वह आरती से कहीं जाने के लिए कहेगा और आरती एक क्षण सोचे बिना उसके साथ चलने के लिए राज़ी हो जाएगी? वह आज इस बात को आरती से ज़रूर पूछेगा।

समर ने आरती को फोन मिलाया पर फोन बिज़ी था। कई बार उसने फोन मिलाया पर हर बार बिज़ी। उसने फोन को बेड पर एक तरफ फेंक दिया और चुपचाप लेट गया। थोड़ी देर बाद आरती का फोन आया।

'मैं आ रही हूँ आपके पास।' बिना जवाब सुने उसने फोन काट दिया। समर को लगा कि जैसे आरती ने उसके मन की बात पढ़ ली हो।

थोड़ी देर में आरती कुहू के साथ समर के रूम पर थी।

'आपका टीवी चल रहा है और कुहू को कार्टून देखना है। मेरे कमरे में तो बच्चों ने फिल्म लगा रखी है।'

समर ने चुपचाप टीवी में कार्टून लगा दिया और कुहू उसे देखने लगी।

'क्या बात है? सब ठीक है?'

'मुझे छोड़कर लगभग-लगभग सब ठीक ही है।' समर के चेहरे पर फीकी हँसी आ गई।

'फिर वही ख़याल आ रहे होंगे। अभी जब तुम फोन कर रहे थे तो मैं प्रकाश से बात कर रही थी। ही इज़ मिसिंग मी फर्स्ट टाइम इन माय मैरिटल लाइफ। तुम सब बातों पर भारी पड़ते हो, शायद यही वजह है कि सब झेल जाती हूँ लेकिन मैं रश्मि जी से हार गई हूँ। शी इज़ प्रायर इन योर लाइफ ऐज़ आई थिंक।'

'तुम हार या जीत में मत पड़ो। मेरी समस्या है, मैं देखूँगा।'

'अच्छा, अब मेरा-तुम्हारा होगा। समर, कभी-कभी मुझे लगता है कि मैं तुम्हारे गले पड़ गई हूँ। अगर तुम मुझे फील नहीं कर पाते तो कह दो।'

'नहीं, ऐसा नहीं।'

'क्या तुम ज़रा सा मेरे होकर नहीं रह सकते?' आरती ने करुण स्वर में पूछा।

'मैं तुम्हारा हूँ पर कुछ और भी लोग हैं जो मेरे हैं।'

'ठीक उसी तरह से मैं तुम्हारी हूँ पर कुछ और लोग भी मेरे हैं। समर, एक बात बताओ, तुम अपनी बात मुझे समझाते हो पर ख़ुद क्यों नहीं समझते।'

'अच्छा, चलो हटो। मुझे कुहू से बात करने दो।' समर कुहू के पास गया और उसे दुलारने लगा।

'कुछ खाओगी?'

'चोकलेत काना है अंकल, आप तौन हैं?'

'टीचर हूँ। सबको पढ़ाता हूँ।'

'मम्मा को भी पढ़ाते हैं?'

'हाँ,' समर हँस पड़ा, 'अच्छा, मैं तुम्हारे लिए चॉकलेट ले आता हूँ।'

समर बाहर चला गया। आरती भी कुहू के साथ कार्टून देखने लगी।

जब समर लौटा तो आरती दरवाज़े पर ही खड़ी थी।

'कहाँ रह गए थे?'

'शॉप थोड़ी दूर थी होटल से।' समर एक चॉकलेट आरती को देते हुए बोला।

'अब मैं जाती हूँ। बच्चों और टीचर्स के आने का टाइम हो रहा है।' आरती ने कुहू को आवाज़ दी पर वह जाने को तैयार नहीं थी।

'इसे यहीं छोड़ जाओ। अगर रोएगी तो मैं फोन कर दूँगा।' समर बोला।

'यह रोएगी ऐसा तो मुझे नहीं लगता। ट्रेन में मैंने देख लिया था। बच्चे को बच्चे ही पसंद होते हैं।'

आरती मुस्कुराते हुए जाने लगी तो समर ने उसका हाथ पकड़ कर अपनी तरफ खींच लिया। वह उससे लिपट गई।

'यही मेरा जीवन है। इससे दूर कभी नहीं करना।' आरती समर के कानों में फुसफुसाई।

'कभी नहीं।' समर ने उसके बालों में उँगलियाँ फिराते हुए कहा।

'लोग साँसों की आवाजाही से जीते हैं, मैं तुम्हारे इंतज़ार से जीती रही। अब जब मिल गए हो तो तुम्हारे प्यार से जी रही हूँ। मेरे दिल की धड़कन तुम्हारे प्यार से ही धड़कती है। देखो ना। तुम प्यार करते हो तो धड़कन कितनी तेज़ हो जाती है और जब तुम मुझे अनचाहा समझते तो यह बिल्कुल डूब जाती है।'

समर ने आरती के गालों को थपथपाया, 'जल्दी आ जाना।'

आरती अपने रूम में चली गई और समर कुहू के साथ टीवी देखते हुए खेलने लगा।

आरती जब वापस आई तो कुहू सो गई थी।

'तुम आ गईं। अच्छा हुआ, कुहू तो सो गई है इस समय। इसे जगाना ठीक नहीं। बहुत थकी हुई लग रही थी। थोड़ी देर टीवी देखने के बाद ही सो गई थी।' समर बोला।

'समर, क्या ये पल रुक नहीं सकता। क्या तुम मेरे लिए ये पल रोक सकते हो?' आरती बिस्तर पर बैठते हुए बोली।

'वक्त हमारे लिए तभी रुकता है जब हम वक्त के साथ चलते हैं। जैसे ट्रेन में हम ट्रेन के साथ चलते हैं तो लगता है ट्रेन स्थिर है। अगर ट्रेन के साथ ना चलें तो वह हमें प्लेटफॉर्म पर छोड़ कर चली जाती है।'

आरती उठकर लाइट बंद कर देती है।

'लाइट क्यों बंद कर दिया?'

'अँधेरे में बात करना कितना अच्छा लगता है।' आरती समर के कंधे पर सिर टिकाते हुए बोली, 'वैसे मुझे अँधेरे अच्छे लगने लगे हैं। अँधेरे में तुम्हें केवल मैं देख सकती हूँ और मुझे तुम।'

समर ने आरती का हाथ अपने हाथ में ले लिया।

'समर, मेरे पैरों में बहुत दर्द हो रहा है।'

'तुम इतना भागदौड़ करती रहीं इसलिए।' समर आरती के पैरों को सहलाने लगा।

'एक बार मेरे दादा जी रामायण सुना रहे थे तो उसमें बाली और सुग्रीव की लड़ाई का प्रसंग आया। बाली ने सुग्रीव को लड़ते-लड़ते बहुत थका दिया। सुग्रीव भाग कर भगवान राम के पास पहुँचा। भगवान ने उसके शरीर पर हाथ फेर दिया। उसकी थकान सब ख़त्म हो गई। मैं सोचती थी कि हाथ फेरने से थकान कैसे ख़त्म हो जाती है, आज पता चला।'

'थके तो हम भी हैं।' समर मुस्कुराते हुए बोला।

'अच्छा, पैर दबा दूँ?' आरती ने पूछा।

'नहीं, गला दबा दो।' समर ने आरती के दोनों हाथ अपने गले पर रख दिए।

आरती गला दबाने का नाटक करने लगी। समर उसके हाथ पकड़कर उसे रोकने की कोशिश कर रहा था। धीरे-धीरे समर ने आरती को अपनी बाहों में कस लिया।

'आरती...पास आओ।' समर जैसे नशे में बुदबुदाया।

'नी...ल... मैं तुम्हारे ही पास हूँ।'

आरती और समर समंदर के किनारे बैठे हुए थे। कुहू आरती की गोद में सो रही थी।

'मैं अब जीना नहीं चाहती।'

समर लहरों को देख रहा था।

'मैं अब जीना नहीं चाहती, तुम सुन रहे हो।'

'क्यों?'

'इससे ज़्यादा अच्छे पल मेरे जीवन में कभी नहीं आए और मुझे लगता नहीं कि आएँगे। मैंने आनंद के सर्वोच्च स्थान को छू लिया है, समर।'

'चलो, समंदर में कूद जाते हैं।'

आरती ने कुहू को देखा, फिर समर को।

'आरती!' समर ने आरती का सिर अपने कंधे पर रख लिया।

'जो पल गुज़र रहा, उसे जी लो। कल का कल देखा जाएगा।'

मन के अंदर इतना शोर था कि दोनों चुप होकर समंदर की मौजों का शोर सुनने लगे।

‘सुनो, सुबह सनराइज़ देखना है।’ आरती ने चुप्पी तोड़ी।

‘जल्दी उठकर आना होगा।’

‘कोई नहीं, मैं मैनेज कर लूँगी।’

‘तुम्हें टीचर नहीं, मैनेजर होना चाहिए था।’ समर ने आरती की हथेलियाँ ज़ोर से दबाई।

‘मैं सिर्फ तुम्हारी होना चाहती हूँ।’

‘वो तो तुम अभी भी हो।’

‘नहीं, ऐसे नहीं। अभी लगता है, चोरी कर रहे हों।’

‘यही बात मैं कहता था तुमसे तो बहुत समझाती थीं।’

‘जो ख़ुद को बात नहीं समझ में आती, वही बात समझाई जाती है।’ आरती हँसते हुए बोली।

‘चलो, अब देर हो रही।’

‘कुहू कहाँ है?’

‘सो रही है मेरे साथ वाले रूम में। एक टीचर है, उसे देखने को बोला है।’

अभी अँधेरा था। एक पतली गली निकल कर समंदर तक जाती थी। गली के ख़त्म होते ही नारियल का बाग आता है। उसके बाद समंदर की रेत, फिर थोड़ी दूर पर बीच। गली में पहुँच कर समर ने आरती की कमर

में हाथ डाल दिया और आरती उसके कंधे पर झूलती हुई चलने लगी। जब रेत आई तो वह वहीं रुक गई।

'क्या हुआ?'

वह कुछ बोली नहीं बल्कि समर से लिपट गई। समर ने उसे अपनी गोद में उठा लिया और चलने लगा।

'आज मुझे लहरों में डुबा देना।'

'हुक्म की तामील होगी।'

समर ने उसे बीच पर ले जाकर लहरों में डाल दिया और बीच पर बैठ गया। आरती समर पर चिल्लाती हुई उसके पास आती है तो वह भाग जाता है। आरती उसे पकड़ने दौड़ती है पर पकड़ नहीं पाती, उल्टे समर आरती को पीछे से कस कर पकड़ता है और घुमा देता है। वह भद्द से बीच पर गिर जाती है तो समर उस पर पानी फेंकने लगता है।

'तुम मुझे बहुत सता रहे हो।'

'अच्छा, तुम सता लो।'

'नहीं, हम केवल प्यार करेंगे।'

'कैसे?'

आरती बीच पर इस तरह बैठ गई कि लहरें उसके पैरों तक आ जाए। उसने समर को अपनी गोद में लिटा लिया और उसके बालों में उँगलियाँ फिराने लगी। लहरें बार-बार आकर दोनों के पैर भिगो जाती थीं। समर ने आरती के बालों से क्लचर निकाल कर उन्हें अपने चेहरे पर खोल लिया और लटों से उसका चेहरा ढँक गया।

'समर!'

'हाँ!'

'सनराइज़ नहीं देखोगे?'

'तुम्हारी घटाओं से निकलने को जी नहीं चाहता। जी तो केवल इतना चाहता कि समय रुक जाए इसी पल में... मैं, तुम, ये बीच, ये लहरें, ये धुंधला आस्माँ, ये गीली रेत, ये सीली हवा बस और कुछ नहीं।'

आरती ने समर के होंठ चूम लिए।

जब वे होटल लौटे तो कुहू जग गई थी।

'तूने सनराइज़ देखने में कितनी देर लगा दी। कुहू अभी जागी है।' आरती की रूम पार्टनर बोली।

आरती कुछ नहीं बोली। बस कुहू को बेतहाशा चूमते हुए उसे लेकर कमरे में चली गई। थोड़ी देर बाद उसने समर को फोन मिलाया, 'दस बजे तक तैयार हो जाना। हम मुम्बा देवी चलेंगे।'

'तुमने देवी से क्या माँगा?' वापसी में समर ने पूछा।

'ये भी कोई बताने की बात है। पहले तुम बताओ कि तुमने क्या माँगा?'

'मैंने माँगा कि सब ठीक हो।'

'मैंने माँगा कि तुम ख़ुश रहो। जो कंट्राडिक्शन तुम्हारे मन में है, वह ख़त्म हो जाए।'

'...और तुम्हारे मन के कंट्राडिक्शन का क्या?'

'तुम ख़ुश रहोगे तो मुझे भी संभाल लोगे।' आरती मुस्कुराते हुए बोली।

'लंच हो गया?' फोन पर आरती थी।

'हाँ।'

'कल हम लोग वापस चले जाएँगे।'

'मालूम।'

'अभी सभी लोग बोट पर जाएँगे। मैं भी जाऊँगी। वहाँ से वापस आने के बाद ही मैं तुम्हारे पास आऊँगी।'

'हम्म।'

'ध्यान रखना। रेस्ट करो तब तक।' कहकर आरती ने फोन काट दिया।

समर फोन रख कर सो गया।

शाम को समर चाय पीते-पीते जीवन के इस रंग के बारे में सोचने लगा। वह एक किस्म का दबाव अपने ऊपर महसूस कर रहा था। काफी देर तक उसने इस फ़ीलिंग को समझने का प्रयास किया पर थक कर चाय

के टेस्ट पर फोकस करने लगा। इससे अच्छी चाय तो रश्मि बनाती है। मुंबई से घर जाकर वह पूरी गिलास भर चाय पिएगा। रश्मि कभी-कभी उसे चिढ़ाती है कि टीचर ना बन पाया तो वह टी को ही चरने लगा। समर के होठों पर एक मुस्कुराहट तैरने लगी। उसने रश्मि को फोन मिलाया। उसका फोन मिला नहीं। फिर उसने उसे मैसेज किया।

'टेकिंग टी एंड मिसिंग योर टेस्ट।' एक स्माइली भेज दी।

थोड़ी देर बाद रश्मि का जवाब आया, 'बस, जल्दी काम निपटा कर आ जाओ। मैं रास्ता देख रही हूँ।'

समर आगे लिखने की हिम्मत नहीं जुटा सका और जल्द चाय ख़त्म कर रूम में जाकर टीवी देखने लगा।

थोड़ी देर बाद आरती आई।

'बहुत देर लगा दी।' समर ने पूछा।

वह चुप्प।

'क्या हुआ? कुहू कहाँ?'

'वह बच्चों के साथ खेल रही है रूम पर।'

'तुम्हें क्या हो गया?'

'कुछ नहीं, तुमने डिनर कर लिया?'

'ना।'

'समर, हम लोग कल चले जाएँगे।'

'हाँ।'

'मैं कमज़ोर हो रही हूँ हालात से, तुम्हारे पास रहना चाहती हूँ।'

'कितने पास...,' समर ने आरती को अपने पास भींच लिया।

'और पास... समर और पास करो अपने।'

समर ने उसे कस कर गले लगा लिया।

सुबह सभी निकल रहे थे। समर अपने रूम में बैठा था।

'तैयार नहीं हुए?'

'इस रूम को छोड़कर जाने का मन नहीं हो रहा है। इसमें तुम्हारी साँसों की ख़ुशबू आ रही है। हमारे प्यार की स्मृति दीवालों पर छप गई है।'

'मैं कल कमज़ोर हुई थी, आज तुम हो रहे हो। अभी उठो और जाने के लिए तैयार हो। हम रास्ते में बात करेंगे।' आरती उसे उठाते हुए बोली।

समर बेमन से उठा और जाने के लिए ख़ुद को तैयार करने लगा।

‘मन तो कर रहा हमेशा के लिए मुंबई में बस जाएँ पर हमने ख़ुद अपने जीवन के नियम तय करने का अधिकार दूसरों के हाथों में दे दिया है।’ आरती ने समर का हाथ अपनी हथेलियों में कस कर पकड़ रखा था।

‘तुम्हें कोई देख लेगा मेरे साथ।’

‘मेरा मन करता है कि सब लोग देख लें। सब जान जाएँ कि हम रिलेशन में हैं। मुझे किसी से डर नहीं लगता।’

‘तुम जाओ अपने कम्पार्टमेंट में। दुनियादारी के आगे सिर झुकाना ही पड़ेगा, मेरी जान, कोई चारा नहीं। जितना हम साथ हैं, उतने में ही जीवन काटना पड़ेगा।’ समर ने आरती को अपने से अलग किया। आरती उसकी तरफ देखती हुई दूसरे डिब्बे में चली गई।

उसके जाने के बाद समर सोचता रहा कि ये ‘दूसरा’ कौन है। शायद रश्मि... क्या रश्मि अब सच में उसके लिए दूसरी हो गई है। आरती के बिना समर की हालत ख़राब हो रही थी पर रश्मि की कीमत पर आरती को पाने की कल्पना से ही वह सिहरने लगता है। उसने कभी आरती को खोजने की कोशिश नहीं की। सब कुछ नॉर्मल चल रहा था। फिर किस्मत किस मोड़ पर उसे ले आई है जहाँ से वापस मुड़ कर देख पाने की हिम्मत समर खो रहा है।

साँझ और आरती दोनों ने एक साथ समर के डिब्बे में दस्तक दिए। आरती कुहू के साथ आई थी।

'टीचर अंकल, हम आ दये।' समर ने तोतली बोली सुनते ही उसको अपनी गोद में ले लिया।

आरती चुपचाप बैठी रही। समर कुहू को खिलाता रहा।

'इसका दूध ख़राब हो गया है। रास्ते में ट्रेन कहीं रुकी नहीं तो यह भूखी सोएगी। वेंडर के पास केवल फ्लेवर्ड मिल्क है।'

'इसकी बॉटल दो।'

आरती ने उसे बॉटल पकड़ा दी। समर उसे लेकर ट्रेन के कैंटीन वाले डिब्बे में पहुँचा जहाँ चाय बन रही थी। वहाँ से उसने गरम दूध बनवाया और ले आया।

'दे दिया उसने?'

'ना देता तो मैं उसे मारता।' समर मुस्कुरा दिया।

कुहू दूध पीने लगी।

'तुम अपना फोन भूल गए थे यहाँ। पासवर्ड में अपना नाम ट्राई किया तो खुल गया... मैंने तुम्हारे मैसेज पढ़ लिए, नाराज़ तो नहीं होगे?'

'नहीं।'

'तुम रश्मि जी को मिस कर रहे थे।'

'हाँ, यहाँ की चाय बड़ी बेस्वाद थी। रश्मि की चाय की आदत पड़ गई है।' समर थोड़ा लड़खड़ाते स्वर में बोला।

आरती ने गहरी साँस भरी और कुहू को गोद में सुलाने लगी।

रात में समर की नींद खुली तो देखा आरती उसके पैरों को गोद में लिए बैठी थी। समर उठा और उसकी गोद में सिर रख कर फिर लेट गया। आरती उसका सिर सहलाती रही।

निज़ामुद्दीन रेलवे स्टेशन आने वाला था।

'मुझे जाना होगा। बच्चों को काउंट करना है और भी कुछ फॉर्मेलिटी है।' आरती बोली।

'मुझे लगता कि ये सफ़र ख़त्म ही ना हो पर संभव ही नहीं। हर सफ़र एक दिन किसी मंजिल पर आकर ख़त्म होता है। अफसोस इस बात का कि हमारी मंजिलें अलग-अलग हैं। हम चाह कर इसे एक नहीं कर सकते। आरती, सच कहूँ मेरा मन करता है, सब दीवारें तोड़ दूँ पर हिम्मत नहीं होती।' समर बोला।

'तुमको क्या लगता है कि मैं कुछ अलग सोचती हूँ पर बात वही है। अब मैं चलती हूँ। मेरा ख़याल रखना।' आरती बोली।

'मेरा ख़याल रखना? तुम तो जा रहीं। मेरे पास होतीं तो ख़याल ही रखते।'

'तुम्हारे पास ही तो हूँ। अपना ख़याल रखोगे तो समझो मेरा भी रख लिया।' आरती कुहू को उठाते हुए बोली।

समर उसे जाते हुए देखता रहा। फिर खिड़की की तरफ देखने लगा।

स्टेशन पर बच्चों को उतारते उनके अभिभावकों के बीच वह आरती को देख रहा था। आरती उसकी तरफ हाथ हिलाती बाहर जा रही थी। अचानक कुहू ने भी हाथ हिलाना शुरू किया। समर को सिद्धू की याद आने लगी। वह हाथ हिलाता रहा जब तक कि सभी बाहर नहीं चले गए।

घर पहुँचते ही वह सिद्धू को गोद में लेकर लाड़-दुलार करने लगा।

'कपड़े तो बदल लेते।' रश्मि उसे तौलिया देते हुए बोली।

'इसे प्यार कर लेने दो। इसकी बहुत याद आई।'

'और हमारी?'

'जब-जब चाय पी, तुम बहुत याद आईं।'

'बस चाय तक?' रश्मि की आँखों में शरारत थी।

समर हँसते हुए बाथरूम में घुस गया।

आरती जैसे ही मेट्रो स्टेशन के अंदर आई, समर ने उसे गले लगा लिया।

'क्या हुआ? आज तो बड़ी हिम्मत दिखाई तुमने, सबके सामने ही गले लगा लिया।'

'बस मन तो ये कर रहा है कि ऐसे ही लगाए रहें।'

'मन तो मेरा भी यही कर रहा पर अभी मेट्रो आ गई है, आओ चलें।'

वो लोग मेट्रो ट्रेन के अंदर चले गए।

'केन्द्रीय सचिवालय आ गया है। आज लिफ्ट से ऊपर चलते हैं।' आरती बोली।

'क्यों एस्केलेटर से चलते हैं या सीढ़ियों से। देखो, वहाँ लिखा है - सीढ़ियों से जाएँ और फ़िट रहें।'

'तुमने हमको तो पहले ही फ़िट कर रखा है।' आरती हँसने लगी।

वे लिफ्ट के पास गए और भीड़ को पहले जाने दिया। जब कोई नहीं बचा तो आरती बोली, 'अब चलो।'

जैसे ही लिफ्ट बंद हुई, वह समर को बेतहाशा चूमने लगी।

'लगता है आज भौजी वाला सेंट डाल आए हैं, समर बाबू। बहुत महक रहे हैं।' चतुर्वेदी बोला।

समर कुछ नहीं बोला।

'भौजी की लिपस्टिक भी लगी है। कम-से-कम उसको छुड़ा तो लेते।'

समर ने चतुर्वेदी को कस कर डाँट दिया। ख़ुद वॉशरूम जाकर उसने देखा, सच में कॉलर के कोने में आरती की लिपस्टिक लगी थी। उसने शर्ट उतारी और पानी से उसे रगड़-रगड कर छुड़ाने लगा।

कश्मीरी गेट और राजीव चौक के दिन फिर से लौट आए। समर और आरती ने मेट्रो के अलावा मैसेंजर पर भी अपनी दुनिया बना ली थी। जैसे ही वह मेट्रो में अलग होते, मैसेंजर पर एक हो जाते। शाम को आरती काम निपटा कर समर से मैसेंजर पर बात करती रहती। इधर रश्मि समर के फोन पर ज़्यादा बिज़ी रहने से तंग आने लगी थी। साल का आख़िरी सप्ताह शुरू होने वाला था। आरती बार-बार समर के मैसेज का वेट कर रही थी।

'क्या कर रही हो।' आरती के फोन में समर का मैसेज उभरा।

'तुम्हें याद कर रही। इसके अलावा और क्या काम है मुझे? तुम क्या कर रहे हो?'

'मुंबई याद आ रहा।'

'अच्छा, और क्या याद आ रहा।'

'सब कुछ, तुम्हारे साथ ट्रेन में जाना, तुम्हारे साथ वो दिन वो रातें, वो समंदर, वो किनारे, सब कुछ याद आ रहा।'

'मेरा मन भी कर रहा तुम्हारी बाहों में सिमटे रहने का।'

'मेरा भी।'

'अगर तुम होते तो तुम्हें किस करती और तुम्हारी गोद में सिर रखकर लेट जाती, तुम मेरे बाल सहलाते।'

'फिर...'

'फिर मेरे माथे को चूमते और मुझे सीने से लगा लेते।'

'आरती...'

'नील, आ जाओ मेरे पास।'

'तुम्हारे ही पास तो हूँ।'

'ऐसे नहीं, सचमुच के।'

'तो क्या झूठ-मूठ तुम्हारे पास हूँ।'

'हाँ, वर्चुअल हो, रियल में नहीं। मुझे रियल में चाहिए मेरा समर।'

समर ने एक गहरी साँस ली।

'मैं तुम्हारी साँसों को अपने चेहरे पर महसूस करना चाहती हूँ।'

'और मैं तुम्हें अपनी नज़रों के सामने देखना, छूना चाहता हूँ।'

'छूने से मैं पिघलने लगती हूँ, समर, मुझे लिक्विड कर दो। तुम्हारे एहसास मात्र से मेरे रोम-रोम पुलकित होने लगते हैं।'

'तुम पागल कर दोगी मुझे।'

आरती ने ढेर सारे किस्सेस के ईमोजी मेसेज में भेज दिए। फिर पूछा, 'इतने सारे किस्सेस चाहिए मुझे। मुझे किस करो समर, किस करो ख़ूब सारा।'

'पागल... अधीर मत हो। मेरा मन डोलने लगता है, फिर सब कुछ तोड़ देने का मन करता है। आरती, तुम पहले तय कर लो हमें करना क्या है? बाद में मुझे समझाना नहीं। मैं जब ज़िद पर आऊँगा तो तुम क्या करोगी?' समर ने दो स्माइली भेजे और लिखा।

'मुझे अभी कुछ नहीं समझाओ। पहले बताओ मुझसे मिलोगे तो कितने किस करोगे?' आरती का मैसेज आया।

'कहा गया है कि खिलाई गई रोटी और दिए गए चुम्बन गिने नहीं जाते। फोन रखता हूँ, कल मिलते हैं।'

'पत्थर हो।' कहकर आरती ऑफ लाइन हो गई।

समर को रश्मि के 'पत्थर हो' कहे शब्द याद आए। वह आरती और रश्मि को एक ही तल पर खड़े देख रहा था।

'लगता है, तुम मेरे स्पर्श की संवेदना खो चुके हो। मैं तुम्हारे पास हूँ, नहीं हूँ, कोई फर्क नहीं पड़ता अब?' रश्मि ने पीछे से आवाज़ दी।

'चलो, तुम्हें सुला दूँ। कोई कहानी सुनना पसंद करोगी या कोई लोरी।' समर चौंका पर संभल कर रश्मि के सिर पर थपकी देते हुए बोला।

'मैं कोई बच्ची थोड़े ही हूँ, तुमको क्या हो गया है? दिन-रात फोन में बिज़ी, और वैसे मुझे कोई रोग हो गया है क्या? भागते क्यों रहते हो।'

'पागलों वाली बात ना करो। चलो, अब सो जाओ।' समर करवट लेकर सोने की कोशिश करने लगा।

'सुनो, क्या तुम उस मास्टरनी के चक्कर में पड़ गए मुंबई से आकर?' रश्मि ने समर के कंधे झिंझोड़े।

'अरे यार, बख्शो मुझे।' समर इतनी तेज़ चिल्लाया कि सिद्धार्थ जग गया। रश्मि आग्नेय आँखों से समर को देखती हुई सिद्धार्थ को सुलाने लगी।

'सुनो, नया साल शुरू होने वाला है। हम नई शुरुआत करते हैं। कहीं बाहर घूमने का प्लान बनाओ।' रश्मि ने इसरार किया।

'देखता हूँ।' यह कहकर समर ने अपना बैग उठाया और फोन देखते हुए घर से निकल गया।

रश्मि को अब घबराहट हो रही थी। वह समझ चुकी थी कि समर के जीवन में कुछ अघटित सा घट रहा है पर वह इस बात को मानने को तैयार ना थी। समर उसे अब पास क्यों नहीं आने देता, एक अज़नबियत सी हो गई है उसके व्यवहार में। शाम को भी लेट आता है। सुबह जल्द चला जाता। यह सब तब से है जब से उसने उस टीचर का ज़िक्र किया। कहीं ऐसा तो नहीं कि जब वह इलाहाबाद गई हो तब समर उसी के साथ...। रश्मि का दिमाग तेज़ी से इन बातों पर चल रहा था। अगर समर कहीं और इन्वॉल्व हो गया है तो क्या किया जाए, पर शक के आधार पर तो उसे कटघरे में नहीं लाया जा सकता। पर इस तरह से तो जीवन नहीं काटा जा सकता। समर के व्यवहार में पिछले कुछ महीनों में जो परिवर्तन आया है, वह बिल्कुल अलग है। कुछ भी हो, आज वह समर से साफ कह देगी कि इस तरह का बिहेवियर वह सहन नहीं कर सकती।

शाम को जब समर आया तो रश्मि सोफे पर तन कर बैठी थी।

'क्या हुआ?' समर ने कपड़े बदल कर सोफे पर बैठते हुए पूछा। 'मूड ठीक नहीं है क्या? चलो, मैं ठीक कर देता हूँ, गाना सुनोगी?'

'नहीं, मुझे एक बात ब्लैक एंड वाइट में बताओ।' रश्मि ने गंभीर शब्दों में कहा। 'तुम किसी के अफेयर में हो क्या? मेरा शक उसी मास्टरनी पर है। एकदम साफ-साफ बताओ। मुझे अच्छा लगेगा और मेरा भरोसा कि तुम मुझसे झूठ नहीं बोलते, बना रह जाएगा।'

'क्या तुम फि...' समर का वाक्य पूरा भी नहीं हो पाया था कि रश्मि चिल्ला उठी।

'हाँ या नहीं में बताओ कि तुम्हारा अफेयर उस मास्टरनी से है।'

'हाँ, है।' कहकर समर घर से बाहर चला गया।

रश्मि को लगा उसके पैरों के नीचे की ज़मीन दरक गई। वह चेतना शून्य सी सोफे पर लुढ़क गई, उसकी आँखों से आँसू बह निकले। शादी के आठ साल बाद समर ऐसा हो जाएगा, यह उसने कभी सोचा ही नहीं था। कहीं कुछ कमी रह गई शायद उसके व्यवहार में। उसका विश्वास इतना हल्का हो जाएगा, इतना कमज़ोर हो जाएगा कि कल को मिली लड़की उससे समर को छीन ले जाएगी। शायद यह जिस्म की भूख हो। क्या समर को मुझमें रुचि नहीं रही। मैंने समर को समझने में गलती की क्या? मेरी गृहस्थी टूट रही। ये तो तय है कि समर डाइवर्ट हुआ है पर कैसे बचाऊँ अपना संसार। रश्मि की आँखों के आँसुओं में समर के साथ बिताए ख़ुशनुमा पल एक के बाद एक तैर रहे थे। उसने फोन उठाया और समर को मिलाया। दो-तीन बार रिंग गई पर समर ने कॉल नहीं उठाई। रश्मि ने मैसेज किया।

'अर्जेंट, पिक द फोन।'

फिर से रश्मि ने फोन मिलाया।

'हाँ, बोलो।' उस तरफ से समर की बुझी आवाज़ आई।

'तुम घर आओ पहले। ये मत समझो कि भाग कर मुझसे दूर जा सकोगे। मुझसे दूर रह लोगे, क्या सिद्धू से भी दूर रह पाओगे?'

समर ने फोन काट दिया। थोड़ी देर बाद वह घर आया।

रश्मि ने बिना उससे कुछ बोले ही चाय लाकर दी। वह चुपचाप पी गया।

'खाना क्या खाओगे, वही बना दूँ।' रश्मि ने पूछा।

'जो भी बना लो।' समर ने संक्षिप्त में जवाब दिया।

रात में जब सिद्धू सो गया तो समर का हाथ अपने हाथ में लेकर रश्मि ने पूछा, 'इन हाथों की गर्माहट ख़त्म हो गई क्या?'

समर कुछ नहीं बोला।

'अच्छा, मैं क्या करूँ? मेरे लिए जो आदेश है, वह दे दो। मैं उसी का पालन करूँगी। बस एक बात का ध्यान रखना कि मेरी जगह होते तो तुम क्या करते?' आँसू रश्मि के स्वर में घुल रहे थे।

समर रश्मि के क्रोध और गुस्से से लड़ सकता है पर उसके आँसू से कभी नहीं।

'तुम क्या चाहती हो?'

'तुम्हें,' कहकर रश्मि ने समर के कंधे पर सिर रख दिया।

समर को याद आया, ठीक यही कहा था आरती ने भी। वह रश्मि का सिर सहलाता रहा।

'मेरी एक बात मानोगे?'

'क्या?'

'मुझे उससे मिलना है। मुझे कल उससे मिलाओ। बस एक बार।' रश्मि ने ज़ोर देकर कहा।

'हूँ।'

'क्या हूँ? तुम कल मुझे उससे मिलवा रहे।'

'ठीक है, पर कोई सीन मत क्रिएट करना।'

'ना, मैं कोई ऐसा काम नहीं करूँगी जिससे आपकी इज़्ज़त पर आँच आए।'

काफी देर तक दोनों ख़ामोश रहे। एक अबोला शोर कमरे में हो रहा था। यह मन का द्वंद्व था जो रश्मि और समर के हृदय से निकल कर कमरे में समाने से असफल होकर खिड़कियों के रास्ते से गलियों में उतर जाने की कोशिश में था।

'सुनो, तुम बताना नहीं कि मैं तुम्हारे साथ हूँ। मैं उसे तुम्हारा इंतज़ार करते हुए देखना चाहती हूँ।' रश्मि ने चलते हुए कहा।

रास्ते में समर का फोन बजने लगा। रश्मि ने अपनी घड़ी देखी और समर से फोन उठाने के लिए बोला।

समर ने जल्दी-जल्दी आरती को बोला कि 'वह स्टेशन पहुँचने वाला है। आकर बात करता हूँ।' और फोन रख दिया।

कश्मीरी गेट पहुँचने के बाद रश्मि समर के पीछे गैप बनाकर चलने लगी। उसने देखा कि आरती सीढ़ियों पर घुटनों पर हाथ रखे इंतज़ार कर रही थी। उसने जैसे ही समर को देखा, बहुत तेज़ी से उठकर लगभग भागते हुए उसकी ओर आने लगी। लेकिन जैसे ही वह पास आई, उसने समर के पीछे रश्मि को देखा, उसके पैर जड़ हो गए। वह काँपने लगी। ऐसा लगा कि उसके शरीर का ख़ून निचोड़ लिया गया हो, उसका चेहरा सफेद पड़ गया। उसने समर की ओर प्रश्नवाचक निगाह से देखा मानो कह रही हो, 'ख़ूब किया तुमने, बता नहीं सकते थे।' समर चुपचाप खड़ा रहा।

'नमस्कार आरती, कैसी हो?' रश्मि ने बात शुरू की।

आरती ने अपने को संयत किया और हाथ जोड़कर नमस्कार किया, 'मैं ठीक हूँ। आप कैसी हैं?'

'ज़्यादा ठीक नहीं। त्रिपाठी जी, डब्ल्यू स्मिथ चलें या मैकडोनाल्ड?' एक साथ दोनों से बात करती हुई रश्मि बोली।

'स्कूल जाने में देर होगी।' आरती समर की तरफ देखती हुई बोली, मानो पूछ रही हो कि बात क्या है?

'थोड़ा वक्त हमें नहीं दोगी?' रश्मि ने आरती से मुस्कुराते हुए पूछा।

आरती कुछ नहीं बोली। उसने एक मैसेज स्कूल प्रिंसिपल को किया और फिर वो तीनों मैकडोनाल्ड चले गए।

'मैंने समर के व्यवहार में ख़ास किस्म का परिवर्तन देखा। मुझे लगा कि शायद तुम्हारी वजह से उनमें बदलाव आया है। आरती, तुम भी स्त्री हो। तुम बेहतर तरीके से समझ सकती हो कि जब एक स्त्री का पति उसे इग्नोर करने लगे तो क्या मतलब होता है।' समर ऑर्डर देने गया तो रश्मि ने आरती से कहा।

समर कनखियों से उन दोनों को देख रहा था। जल्दी से ऑर्डर देकर वह टेबल पर आ गया।

रश्मि ने अपनी बात जारी रखी, 'मेरी एक दुनिया है जो डिस्टर्ब हो चुकी है। मैं तुमसे सहायता माँगने आई हूँ, आरती। मैं समर से कुछ नहीं कहूँगी। तुमसे पूछूँगी कि क्या जो मैं सोच रही हूँ, गलत सोच रही हूँ।' रश्मि की आवाज़ काँप रही थी, 'बोलो, क्या तुम सच में समर से प्यार करती हो?'

आरती ने समर की ओर देखा। समर ने मुँह दूसरी तरफ घुमा लिया। आरती ने रश्मि के चेहरे की तरफ देखा और गहरी साँस ली। फिर उसने पलकों को झुकाते हुए कहा, 'यह सच है कि मैं समर से प्यार करती हूँ, यह सच है कि यह प्यार आज का नहीं है पर इसके साथ यह भी सच है कि मैंने कभी नहीं चाहा कि समर आपसे दूर हो जाएँ।' आरती की आँखें छलक पड़ीं।

'त्रिपाठी जी, जो आरती कह रही वह सच है क्या?'

'रश्मि, मैं आरती की बातों को रिजेक्ट नहीं कर सकता। उसकी फ़ीलिंग की कद्र करता हूँ।'

'तुम्हारे पति को पता है यह सब? मैं तुम्हें एक मौका देना चाहती हूँ। जिस दिन तुम्हारे पति को पता चलेगा, उस दिन कयामत तुम्हारे ऊपर आएगी। तुम समर को छोड़ कर अपना घर-संसार देखो। दोनों के घर बर्बाद हो जाएँगे।' रश्मि ने हाथ जोड़ लिए।

'जो चीज़ मेरे हक़ में नहीं है, उस पर मैं कैसे हामी भर दूँ। एक बात आपसे कहूँगी कि कुछ भी बर्बाद होने से पहले मैं मर जाना पसंद करूँगी।'

'तुम अपने पति से ऐसे ही हक़ के साथ कह सकती हो कि तुम त्रिपाठी जी को प्यार करती हो?' रश्मि ने पूछा।

'अगर समर कहें तो कह दूँगी।'

'परिणाम की चिंता नहीं है?'

'आपको तसल्ली तो हो जाएगी। मैंने पहले ही कहा है कि आपका घर नहीं टूटने दूँगी।'

'तुम समर को छोड़ दो।'

'मैं अपने से विवश हूँ, ये मुझे ज़रूर छोड़ सकते हैं।'

'त्रिपाठी जी, मैं या आरती? चुन लो।' रश्मि ने समर से थोड़ी तेज़ आवाज़ में कहा।

समर दोनों हाथों की कुहनी को टेबल पर टिकाए सारी बातें सुन रहा था, कुछ नहीं बोला।

आरती ने अपना बैग उठाया और जाने लगी। समर ने उसका हाथ पकड़ लिया और बोला, 'बैठो।'

आरती चुपचाप बैठ गई। रश्मि एकदम से फुंफकार उठी, 'मेरे सामने इसका हाथ कैसे पकड़ा?'

'तुम्हें तो आरती से बात करनी थी?' समर ने कहा।

'मुझे अब इससे बात नहीं करनी है। तुम लोगों की आँखें मैंने पढ़ लीं। जो मेरा अधिकार था, वह तुमने सब उसे दे दिया। अब मैं जा रही हूँ। तुम इसके साथ रहो।' कहकर रश्मि एक झटके से उठी और वहाँ से प्लेटफॉर्म की ओर जाने लगी। समर उसके पीछे चला गया और आरती वहाँ अकेली बैठी रह गई।

‘तुमने मेरे साथ क्या कर दिया? मैंने किस बात की कमी उठा रखी थी? तुमने मेरा तुम पर किया सारा अभिमान तोड़ दिया, मेरे मान को कुचल दिया, मेरी कुर्बानियों पर मिट्टी डाल दिया। ऐसा क्यों किया, समर? तुम अगर किसी वेश्या के साथ सम्बन्ध बना कर आ जाते तो भी मुझे इतना दुःख ना होता जितनी छाती अभी मेरी फटी जा रही है। तुमने उसको मेरा अधिकार दे दिया। मैं तुम्हारे साथ नहीं रह सकती। मैं फोन कर रही हूँ अपने घरवालों को, तुम भी अपने घरवालों को बुलाओ। मैं नहीं सहन करूँगी।’ रश्मि रोते हुए बोले जा रही थी।

‘तुम एक काम कर सकती हो? मुझे थोड़ा समय दे सकती हो?’ समर कातर स्वर में हाथ जोड़कर बोला।

‘तुम्हारे ऊपर मेरा ज़रा भी विश्वास नहीं रहा। मुझे और सिद्धू को मार भी सकते हो तुम...’

‘रश्मि...’ समर बीच में चिल्लाया, ‘मैं इतना गिरा नहीं हूँ।’ कह कर समर ने अपना सिर दीवार में दे मारा।

उसके सिर से बहते ख़ून को देख कर रश्मि घबरा गई और अपनी चुन्नी से उसका सिर बाँधने लगी।

थोड़ी देर सन्नाटा पसरा रहा।

आरती की ढेर सारी मिस कॉल समर के फोन में पड़ी हुई थीं। समर ने अपना फोन बंद कर दिया। दोपहरी ढलने को थी। वह फिर रश्मि के पास गया।

'मुझे थोड़ा समय चाहिए।'

'मुझे मेरा पति चाहिए। सिद्धार्थ का पिता चाहिए। त्रिपाठी ख़ानदान का वही लड़का चाहिए जो मुझे डोली में बिठाकर इस वचन के साथ लाया था कि पूरे जीवन वह मेरा हमसफ़र बन कर रहेगा।' रश्मि एक-एक शब्द चबाती हुई बोल रही थी।

समर ने फोन उठाया और आरती को मिलाया।

'आरती, हम कभी नहीं मिलेंगे।' समर का स्वर बहुत गंभीर था।

'जी।' कहकर आरती ने फोन काट दिया। समर ने रश्मि की तरफ देखा। तब तक सिद्धू स्कूल से आ गया और रश्मि उसे लेकर कमरे में चली गई।

सुबह जब समर अपने ऑफ़िस जा रहा था तो आरती का मैसेज आया।

'अगर मेरा तुम में कुछ बचा हो तो एक आख़िरी बार फोन कर लो।'

समर ने फोन लगाया।

'मिलने के सिवा कोई और बात करना।'

'सिर्फ ये पूछना है कि तुम कैसे हो?'

'मैं ठीक हूँ और तुम भी ठीक रहना।'

'एक आग्रह है, मानोगे?'

'मैं फोन नहीं करूँगा न तुम करना और न ही हम मिलेंगे।'

'मंज़ूर, इसके अलावा मेरी एक बात है... वचन दो, मानोगे?' आरती ने आर्द्र स्वरों में कहा।

'हाँ, मानूँगा।'

'मैं तुम्हें चिट्ठी लिखूँगी। तुम्हारे ऑफ़िस के पते पर और मन हो तो तुम भी मुझे लिखना मेरे स्कूल के पते पर। चिट्ठी पढ़ कर उसे फाड़ दूँगी। अपने पास नहीं रखूँगी। बोलो, वचन देते हो?'

समर थोड़ी देर कुछ बोला नहीं। तब तक कश्मीरी गेट आ गया पर वह उतरा नहीं।

'बोलो समर, वेट कर रही हूँ।'

'ठीक है, और कुछ?'

'बस, अपना ख़याल रखना।'

'तुम भी अपना ख़याल रखना। अब फोन रखता हूँ।' कहते-कहते समर की आँखें नम हो गईं।

आरती ने उस रोज़ अपने चपरासी को हिदायत दी कि उसके नाम से कोई चिट्ठी आए तो उसे सीधे लाकर दे। दिन बीतते रहे। आज साल का आख़िरी दिन था। उसने समर को एक चिट्ठी लिखी और शाम को घर वापस लौटते समय उसे डाकखाने जाकर पोस्ट कर दिया।

अगले दिन चपरासी आया। उसके हाथ में एक चिट्ठी थी। आरती को लगा जैसे समर मेट्रो गेट के अंदर से उसे देख रहा है। चपरासी से उसने चिट्ठी तकरीबन छीन ली, चिट्ठी के अंदर एक छोटा सा ग्रीटिंग कार्ड था। वह जल्दी-जल्दी चिट्ठी पढ़ने लगी।

प्रिय आरती,

ख़ुश रहो।

तुम्हें ख़त लिखने का मन है। अभी बाज़ार घूम कर आए हैं। सर्द हवा मुझे कितनी पसंद है, तुम्हें तो मालूम होगा और तुम होतीं तो पुलोवर उतारने भी न देतीं। ख़ैर, हमने तुम्हारी गैर मौजूदगी का फायदा उठाया और जी भर के ठंड खाई है। बाज़ार खाली था। न ख़ुशबुओं से तर ग्रीटिंग कार्ड न उनके ख़रीदार। पूछा तो पता चला, सबके सब पार्टी में गए। पार्टी में क्या होता होगा? तुम्हें पता है क्या? इस बार ठंड में हल्की सी गुनगुनी जुम्बिश है। हल्की सी धुंध, गेंदे के फूल पर झरते कुहरे के फाहे, हवा के हर झोंके तुम्हारी छुवन से महसूस होते रहे पर अब ऐसी बातें सपनों का हिस्सा बनकर रह गई हैं।

जानती हो, ऐसे मौसम में मेरे पास तुम्हारी बातों की, यादों की ख़ुशबू है जिसे मैं हर शाम ख़ुद पर छिड़क लेता हूँ और सोचता हूँ कि ख़ुशबू के जैसे तुम मेरे ही आसपास हो और अतीत के तकिये पर फिर से सपने बुनने लगता हूँ कि वह शाम कभी तो आएगी, जब बाज़ार ख़ुशबुओं से तर ग्रीटिंग कार्ड्स से गुलज़ार रहेंगे, जब कोई दुपट्टे को संभालती लड़की जल्दी-जल्दी 'हैप्पी

न्यू ईयर' का कार्ड ख़रीदेगी और अपनी कॉपी में रखकर उसे सीने से लगाकर कोई गीत गुनगुनाएगी। वह सर्द शाम कभी तो आएगी जब कॉफ़ी कार्नर पर दो कप कॉफ़ी के आर्डर का वेट करती दो जोड़ी आँखें एक-दूसरे को निहारे जाएँगी।

अच्छा सुनो, बमुश्किल एक दुकान से बड़ी मिन्नतों बाद एक ग्रीटिंग कार्ड मिल पाया है, मैंने ले लिया है। इसे भेज रहा हूँ और यह सोचकर ख़ुश हूँ कि बीते हुए दिन कितने अच्छे थे।

नया बरस तुम्हें मुबारक!

समर

31 दिसम्बर रात नौ बजे!!

आरती ने कितनी बार उस चिट्ठी को पढ़ा। उसमें क्या लिखा, इससे ज़्यादा ख़ुशी उसे इस बात की थी कि समर ने लिखा, उसे याद करके लिखा। उसके यहाँ आज नए साल की पार्टी थी। आरती ने पार्टी में आज ख़ूब डांस किया, बेमतलब हँसी। ठूँस-ठूँस कर नाश्ता किया, ख़ूब गाने गाए। उसकी कुलीग्स यह सब देखकर उससे बार-बार पूछतीं कि क्या हुआ पर वह तो किसी और ख़ुमार में थी।

'बाबूजी आपकी चिट्ठी आई है।' चतुर्वेदी ज़ोर-ज़ोर से चिल्लाते हुए हाथ

में चिट्ठी लेकर आ रहा था। उसके ऑफ़िस के और लोग भी चतुर्वेदी को चिल्लाता सुन रहे थे। समर को चतुर्वेदी की मूढ़ता पर बहुत गुस्सा आ रहा था।

'इंटरनेट के ज़माने में चिट्ठी कौन लिखता है?' एक कुलीग ने पूछा।

समर ने कुछ कहा नहीं, बस जलती आँखों से चतुर्वेदी को देखते हुए चिट्ठी छीन ली।

'इतना काहे बेसबर हो रहे, बाबूजी।'

'तुम अपना मुँह बंद रखा करो। बहुत ज़्यादा बोलते हो। अब जाओ यहाँ से।' समर ज़ोर से चिल्लाया।

चतुर्वेदी डर गया और बिना कुछ बोले चुपचाप वहाँ से चला गया।

मेरे समर,

समंदर के ओठ नीले हैं। यह नीलापन दर्द के कारण है। समंदर की लहरें सारा दर्द खुरच कर उसे किनारे फेंकती हैं। दुनिया को समंदर के दर्द में स्वाद आता है। यह स्वाद नमकीन है। समंदर चाँद को छूकर गुलाबी हो जाना चाहता है पर वह नमक के तेजाब को अपने अंदर समेटने और किसी की भी प्यास न बुझा पाने को अभिशप्त है। वह अभिशप्त है कि उसका आचमन किसी के अधर नहीं कर सकते। वह गुलाबी नहीं हो सकता, वह नीला ही रहेगा। लोग झूठ कहते हैं कि प्रेम का रंग गुलाबी

है, प्रेम का रंग नीला है। दर्द का रंग नीला होता है। दर्द का स्वाद चाकलेटी नहीं बल्कि नमकीन होता है। प्रेम की अंतिम परिणिति दर्द में होती है, नमक में होती है। यह नमक आँसुओं में घुला है, समंदर में घुला है। तीन तरफ से पीड़ाओं से घिरी हुई है यह दुनिया। जिनके पास दर्द सहने की क्षमता नहीं है वे प्रेम से दूर रहें। मैंने पीड़ाओं को पीकर तुम्हें पाया है। तुम मेरी फ़िक्र न करना।

नया साल मुबारक मेरे सब कुछ!

आरती

समर को एकबारगी लगा कि वह आरती से मिले, उसे फोन करे, फिर कुछ सोचकर उसने सिर को झटका और अपने काम पर लग गया।

♥

समर और आरती के अपने-अपने पहिये फिर अपने घर-गिरस्ती के ट्रैक पर वापस आ गए थे। रश्मि लगभग-लगभग आरती को भूल गई। बस कभी-कभी समर को खोए हुए देखकर उसे थोड़ी फ़िक्र होती पर पहली बार की जीत ने उसमें एक आत्मविश्वास भर दिया कि वह हर हाल में जीत हासिल करके रहेगी। उधर प्रकाश ने भी कोई नया प्रसंग ना होने से समर की चर्चा करनी बंद कर दी किन्तु वे नहीं जानते थे कि पत्थरों के विशालकाय पहाड़ के नीचे मीठी नदी की धारा अभी भी अजस्र अनवरत बह रही है।

आज चौदह फ़रवरी है। आरती के हाथ में समर की चिट्ठी है। वह रोती जा रही और पढ़ती जा रही है।

मेरी तुम,

आधी रात के बाद हल्की सर्द भरी हवाओं के परों पर बैठ कर गुलाबी गंध जब लिपटने लगी तो एकबारगी लगा तुम पास में ही हो पर यह गंध मोबाइल से आ रही थी। देखा तो फेसबुक पर कुछ उनींदे फूल मुँह से मुँह लगाए कुछ बात कर रहे थे। उनकी बातों में मुहब्बत की ख़ुशबू थी जिसकी वजह से मौसम की ठंड गुलाबी होती जा रही थी। इस गुलाबी ख़ुशबू में रंग है, स्वाद है, गीत है, रस है, ख़ुशी है, इश्क़ है। यही ख़ुशबू तो पूरे बरस को रंगती है, धूप को मीठा करती है, दिलों को कोमलता से छूती है, उन्हें धड़कना सिखाती है। यही ख़ुशबू चूल्हे पर सिंक रही रोटियों में घुलती है। समंदर की लहरों में भी तो यही ख़ुशबू थी जिसने हम दोनों के जिस्मों को नमक में लपेट कर वफा के रंगों में रंग दिया। यह ख़ुशबू है उस नाव की जिसमें ढेर सारी गुलाबी यादें भरी हुई हैं जिसे हम सारी रात चाँद के पीछे-पीछे खेते रहे। यह गुलाबी स्वाद उस कैडबरी चॉकलेट का है जिसे तुमने जूठा करके दुनिया की किसी भी मिठाई से मीठा बना दिया था। इसी गुलाबी इश्क़ की ख़ुशबू तो मेरे उस कॉफ़ी मग में भर गई है जिसे तुम लेकर आई थीं। गुलाबी और गुलाबी होती ख़ुशबू को मैं भेज देता हूँ उस

शिवाले में, जहाँ शिव शम्भू का डमरू रोज़ सुबह नाद करता है। मैं उस नाद के सहारे इस गंध को कैलाश तक भेजना चाहता हूँ ताकि वह जान सकें कि जिस लिए विष को पीकर उन्होंने दुनिया को गुलाबी अमृत दिया, उसका एक टुकड़ा मेरे हिस्से में आया है और उनको धन्यवाद कह सकूँ। सुनो, इस गुलाबी हवा को मैं तुम्हारे पास भेज रहा हूँ। इसे छूकर तुम उस पर लिखे हर्फ़-हर्फ़ पढ़ कर गुलाबी ख़ुशबू को अपने जूड़े में गूँथ लेना।

तुम्हारा मैं

आरती ने चिट्ठी की ख़ुशबू को कितनी बार अपने अंतस में भरा, कितनी बार चिट्ठी को चूमा, माथे से लगाया और फिर उसे छोटे-छोटे टुकड़ों में फाड़ कर अपने बैग की एक पॉलिथीन में रख दिया।

मेरे समर,

मेरे जीवन के रंगरेज, मेरे हृदय के संगीत, मेरे अकारण मीत, यह माहे फ़रवरी है। तुम्हें याद है, हमारी पहली मुलाकात? फ़रवरी का महीना था। मैंने फ़रवरी के पन्ने पर एक नाम नोट किया था और वह नाम तुम्हारा था समर। तब से लेकर आज तक उस किताब पर मैं तुम्हारा ही नाम लिख रही हूँ। एक दिन ये नोट्स सारी दुनिया पढ़ेगी। जब दो स्नेहसिक्त हृदय समांतर किनारों पर रहने को विवश होंगे तब यही नोट्स उनके दरमियाँ

नदी की जलधार बनकर उन्हें एक करेंगे, उनकी प्यास बुझाएँगे।

अपना ख़याल रखना।

सिर्फ तुम्हारी

आरती

समर फ़रवरी नोट्स पढ़ता है। उसके हृदय से मीठा झरना फूट कर बह रहा है, वह चिट्ठी लिखने बैठ जाता है।

मेरी तुम,

तुम्हारे नोट्स सृष्टि के हर कण के अंतस में प्राण का विस्तार करने वाले हैं। सुनो ना! नोट्स के हर्फ़-हर्फ़ बता रहे कि हवाओं में फागुन की आहट है। फूल अपने अंतस में रस, गंध और सृजन के बीज छुपाए गाँठों से बाहर निकलने को हैं। मधुमक्खियाँ शहद इकट्ठे करने के लिए अपने परों के जाएज़े लेने में व्यस्त हैं। प्रकृति रंगोली बनाने के लिए रंगों को इकठ्ठा करने की तैयारी में है। मैं तुम्हारी यादों के रंग में हूँ।

तुम्हारा मैं,

समर

मेरे तुम,

जानते हो! मेरे स्कूल के बाहर एक होर्डिंग लगी है। उस पर एक सीमेंट कम्पनी का विज्ञापन है जिस पर किसी मौसम का असर ही नहीं होता। हर मौसम के असर को करे बेअसर। सर्दी, गर्मी, पानी, धूप किसी का कोई असर नहीं। सोचती हूँ कि इस विज्ञापन को बनाने वाले ने 'मधुबन तुम कत रहत हरे' या 'बिनु गुपाल बैरिन भये कुँजे' गाते हुए गोपियों की व्यथा कथा से प्रेरणा ली होगी या उसकी प्रेमिका बड़ी कठोर हृदय की होगी जिस पर उसके मनुहार का कोई असर ही नहीं होता होगा, तभी तो वह इस किस्म के विज्ञापन का सर्जन कर पाया।

बहरहाल, ठंडी हवाओं में गर्मी के कणों के विस्तार से वातावरण में चहल-पहल की वापसी हो रही है। यह वसंत की चहल-पहल है। यह फूलों से होकर दिलों तक होने वाला विस्तार है। मैं चाहती हूँ कि सीमेंट वाली दीवारें कच्ची दीवारों में तब्दील हो जाएँ जिस पर मौसम के ललछिमे, सिन्दूरी सीले दाग साफ-साफ दिखें। बिना सीमेंट वाली दीवार जिस पर मधुमालती की बेलें लिपटी हों, उस पर बैठ कर कोई कोयल गा सके जिसकी हूक सुनकर नदी की कोई लहर गा उठे...

साथिया नहीं जाना कि जी न लगे...

मैं अपने कदम रोककर उस गान को जीवन भर सुनना चाहती हूँ।

सिर्फ तुम्हारी,

आरती

'पागल...' चिट्ठी पढ़ते-पढ़ते समर अनायास मुस्कुरा उठता है।

मेरी तुम,

फिर उसी घाट पर आया हूँ। साथ-साथ चलते ताल के कच्चे घाट पर सूरज को अस्त होते देखना जीवन का एक हिस्सा हुआ करता था। जहाँ कैशोर्य मन ने किसी की आँखों में स्वयं के प्रति स्नेह अंकुरों को तरुण होते पहली बार देखा। गत अनुभूतियाँ सघन हो चली हैं।

ताल में शैवालों के उठते बुलबुलों के मद्धिम स्वर पहचाने हुए हृदय स्पंदन का आभास करा रहे। डूबता सूरज धीरे-धीरे पानी को लाल कर रहा है। पूरे ताल में ढाक के फूलों का रंग घुल रहा है। उस दिन जब हमारे मौन मुखर हुए थे तो तुम्हारे मुख पर यही लालिमा उभर आई थी। उस दिन देखा कि कुछ कहने के लिए शब्दों की आवश्यकता ही नहीं होती... स्नेहिल मन एक-दूसरे को कैसे स्पर्श कर लेता है... चेहरा फूल कैसे बन जाता है।

रात गहराती जा रही है, ताल के जल में चन्द्रमा की प्रतिछाया दिखने लगी। यह तुम थीं जो होकर भी यहाँ नहीं थीं, तुम्हारी प्रतिछाया कितने समय-सेतु को पार कर स्मृति ताल में दिखने लगती है। जल-तरंगें उठती हैं, पास आते-आते जाने कहाँ चली

जाती हैं बिल्कुल तुम्हारे जैसे। मौसम के पंख मन को किसी और लोक में ले जाने लगते हैं, ऐसे संसार में जहां आग पिघल कर गुड़ सी मीठी हो जाती है। हरसिंगार के फूलों का दुपट्टा डाले धरती नाचती है, नील गगन में सफेद सारस मुग्ध भाव से उड़ते जाते हैं। पूरे चाँद की रात में ताल का दूसरा पाट दिखने लगता है जहाँ रात के कोमल पाँवों में कोई कुमुदिनियों की झांझर बाँध रहा होता है और सितारों की कतार रोशन हो उठती है... ऐसा लगता है कि जैसे किसी ने कांस के फूलों की छड़ी हवा में उछाल दी। लैंपपोस्ट से आती मद्धिम मुलायम सी रोशनी के टुकड़े आर्द्र हो रहे हैं, किसी छप्पर से अँगीठी का धुआँ निकल रहा जिसमें चाय की ख़ुशबू है, एक ख़ुशबू विविध भारती के गीत की है जो हवाओं में तराना बनकर गूँज रहा है।

इठलाती हवा, नीलम सा गगन, कलियों पे ये बेहोशी की नमी...

ऐसा लगता है, तुम भी छत पर बैठकर चाँद को देख रही हो, तुम्हारी पीठ से परावर्तित चांदनी चन्द्रमा को और धवल, हिमाल और मधुर बना देती है। तीसरा पहर आने को है, यह जाने का समय होता था। जिन एकांत का हमने निवेश किया उन पलों का रिटर्न ही है कि भागते, शोर मचाते संसार में हम थमे हैं और तुम भी तो...।

ताल भी अब सो गया है। आरती, सुनो इस टिप टिप गिरती ओस की बूंद को! यह विदा का संकेत कर रही है। भीगी मिट्टी पर पैरों के निशान बनते जा रहे हैं। ये निशान गीतों के शिलालेख

की शक्ल में हैं। ये शिलालेख सिंधु सरस्वती सभ्यता की लिपियों जैसे हैं जिन्हें केवल वही पढ़ सकता है, जिसने लिखा है।

अपना ख़याल रखना।

तुम्हारा मैं,

समर

मेरे तुम,

जब तुम मेरा नाम लिखते हो तो जाने क्यों मेरा रोम-रोम पुलक उठता है, जी चाहता है कि तुम ज़ोर-ज़ोर से मेरा नाम लेकर पुकारो, तुमने बुद्धिनाथ मिश्र का गीत पढ़ा जिसमें वह लिखते हैं,

एक बार और जाल फेंक रे मछेरे,

जाने किस मछली में बँधने की चाह हो...

मैं वही मछली बनकर तुमसे बँधना चाहती हूँ।

मेरा नाम लो, बुलाओ मुझे, हमें तो मतलब है सिर्फ तुमसे...।

तुम्हारी आरती

जब दोपहर में पतझर के पात की खनक घुलने लगी है, चौखट पर उतरी छाँव गुलमोहर से मिलकर पीली हो गई है, अधखिले फूलों की कच्ची ख़ुशबू और शाख पर उभरते किल्लों की लाली किसी शिशु की निर्दोष मुस्कुराहट सी उभर आती है। चिड़ियों की अंत्याक्षरी में जाने कितने जनम के गीत सुनाई दे रहे हैं। दीवारों पर पड़े धूप के टुकड़े को बीनने की कोशिश करता हूँ पर वह तो तितली जैसी उड़ जाती है, रह जाती है तो केवल गुनगुनाहट। गुनगुनी धूप में छोटी चिड़ियों के गीत सुने हैं क्या? उनकी धुन, उनके राग किस पाठशाला में सीखे सिखाए जाते हैं? कोयल की बोली में गुड़ कौन भरता है? एक बार पुनः सोचता हूँ कि इन सब बातों को एक पोस्टकार्ड में लिख कर उसके पते पर भेज दूँ, फिर उत्तर की प्रतीक्षा करते, सुबह-शाम सूरज को उगते-ढलते देखने में सारी उम्र ख़र्च कर दूँ, हर मौसम के आने-जाने की चिट्ठी लिखी रखी है... किंतु वह पता मिल नहीं रहा जहाँ इन चिठ्ठियों को पढ़ने वाला रहता है। जीवन के सारे किनारे को हम किसी बोगनवेलिया के पत्तों से रंग सकते हैं, ठीक वैसे जैसे बचपन में साड़ी का किनारा बना कर रंगते हैं।

मैं स्मृतियों के रंग लिए बैठा हूँ पर कोई किनारा नहीं मिल रहा है। कहीं झरे फूलों की पंखुरी और पत्तों के बीच कोई स्वर उभर रहा है। कितना अधिकार, कितना रस, कितना आह्लाद और कितने भाव को अपने में समेटे है तुम्हारा यूँ पुकारना, कितनी बार इन स्वरों को सुनते-सुनते हमने भीगी आँखों में

संसार भर का स्नेह-दुलार-प्यार समेटे एक-दूसरे को देखा, शब्दों ने अभिव्यक्ति की सामर्थ्य खो दी, प्रेम बोलते-बोलते अव्यक्त हो गया। तुमने पूछा, वह दिन कब आएगा जब हम संज्ञा से सर्वनाम बन जाएँगे, आँखों में साँझ की लालिमा उतर आती है। याद है, तुम्हें मैं तब भी इन सवालों पर कुछ न कह पाता था, बस निर्निमेष, अपलक तुम्हें देखता रहता और तुम मेरे मौन की भाषा पढ़ती थीं। एक रोज़ जब फागुन फूलों को रंग रहा था, तुम मालती की लता सी मुझसे लिपट गईं, तुम्हारे अधरों के पलाश मेरी देह पर खिल गए। उस दिन मेट्रो स्टेशन पर तुमने आख़िरी बार मेरा नाम लिया, जाते हुए मुड़-मुड़ कर देखती रहीं। मैं तुम्हें पुकारते-पुकारते रह गया। जिव्हा जड़ हो गई और दिमाग बर्फ सा जम गया।

हम प्रेम में झूठ बोलना सीख जाते हैं, कितनी बार हमने एक-दूसरे से झूठ बोला, एक पल, एक दिन न बिछड़ने की कसमें खाने वाले बरसों बीतने के बाद भी जीवित हैं, पर एक बात सच है, मन के श्याम पट्ट पर जो स्नेह के अक्षर तुमने लिखे वह अमिट रहे। तुम्हारे द्वारा भिगोया गया हृदय संसार को नेह से सिक्त कर रहा है। फ़रवरी बीत रही है, हृदय में ज्वार सा उठता है, स्वर कुहुक में बदल जाते हैं, ढाक के फूल खिलने लगे हैं, कहीं तुम्हारे अधर काँपे होंगे।

काँपें होंगे न आरती,

तुम्हारा समर

मेरे तुम

पुरुष के सान्निध्य में आते ही स्त्री अपनी पूर्णता प्राप्त कर लेती है लेकिन मैं तुम्हारे ध्यान में आकर कुमारी हो जाती हूँ। ऐसा लगता है कि पुनः तारुण्य अवस्था में पहुँच गई हूँ। कल मैंने बहुत दिन बाद डोली में बैठी नवब्याहता को देखा, माँ जो गीत गाती थीं याद आया,

बनि जइहों बन की जोगनिया हो रामा/पिया तोर करनवा,

छोड़ देइहों बाबा के भवनवा/ हो रामा, पिया तोर करनवा...

चैत का महीना तो डोली का महीना ही होता है न।

कोयल राग में गिरिजा देवी को सुना कभी?

चैत मासे चुनरी रंगइबे हो रामा, पिया घर अइहें...

तुम्हें सोचकर यह देह कौमार्य ग्रहण कर लेती है, मन किशोर हो रहा है, तुम्हारा नाम मेरे लिए पुनर्नवा औषधि है।

समर...समर...समर

किसी महुए के पुष्प सी रस से भर रही हूँ, किसी पलाश सी लाल हो रही हूँ, हृदय किसी पायल सा छन-छन कर रहा है।

तुम्हारी आरती

समर चिट्ठी पढ़ते जाता है, निहाल होते जाता है।

मेरी तुम,

अभी इलाहाबाद पहुँचा हूँ। कुछ दिन यहीं रहूँगा। बस अड्डे से तुम्हें चिट्ठी लिख रहा। अभी इलाहाबाद सो रहा है। इस शहर आते ही मेरा अस्तित्व बदल सा जाता है। मेरे अंदर का दिल्लियापा सिविल लाइन्स आते-आते इलाहाबादी हो जाता है। पुरानी फिल्में रिकैप में चलने लगती हैं। लगता है, तरुणाई अभी तुलाराम बाग की छतों पर धूप जैसी चढ़ रही। अल्लापुर की मजलिसों से मेडिकल कॉलेज तक वॉक करके हम जवान हो रहे थे। गाँव से आने के बाद पहली बार हीरो जीप पर दुपट्टा उड़ाती लड़की को बगल से गुज़रते हुए देख, अक्सर सोचा करता था कि *इस शहर की धूल में क्या बात है, लड़कियाँ इतनी महकती कैसे हैं!*

स्मृतियाँ नाच रही हैं। मेंड़ पर भागते हुए सड़क के रास्ते स्कूल जा रहे हैं, पीछे टोली झरबेरियाँ झूर रही है, स्कूल का घंटा ज़ोर-ज़ोर से बज रहा है, प्रार्थना हो रही है, माँ शारदे कहाँ तू वीणा बजा रही है..., आचार्य जी प्रमेय समझा रहे हैं, किताबों के अंदर से कॉमिक्स पढ़ी जा रही है। झोला पटक कर बैट उठाकर परती खेत में भागा जाया जा रहा है, सचिन-कांबली की जोड़ी पिच पर विरोधियों के धुर्रे बिगाड़ रही है, दोस्त ने बताया है, नई पिच्चर आई है... फ़ाइट ख़ूब है, नया हीरो कोई देवगन है, गाने बहुत मस्त, *मैंने प्यार तुम्हीं से किया है...* गाकर सुनाता है, अबकी भैया के बियाह में इसी का विडियो लगवाएँगे। भैया का लगन तय हो

गया है, लाउडस्पीकर लगाकर बैंजो बजाते बजनिया लोग बीन वाली धुन निकाल रहे, ट्रैक्टर में बच्चे लोग चढ़ गए हैं, काका जाज़िम पर बैठे हैं, जीप में मौर बाँधे, जोड़ा-जामा पहने दुलहा बैठा है। इम्तिहान के दिन हैं, बस किसी तरह से पास हो जाएँ।

इलाहाबाद विश्वविद्यालय...मेरा ख्वाबगाह...गुलमोहर के फूलों से ढके रास्ते...एक रुपये में भरपेट चाय-समोसा खाकर गंगा नहाने निकल लेना और बड़े हनुमान जी का दर्शन कर कुछ माँगते-माँगते कुछ न माँगना...भर्र-भर्र करते स्टोव में पिन मार-मार के जलाना और कुकर की सीटी को निहारते रहना... ओह दिव्या भारती के पोस्टर अब भी बाघम्बरी रोड तिलकनगर के किसी स्टूडेंट के कमरे में लगे होंगे क्या? *...जाने जाना, दीवाना... तेरा नाम लिख दिया, तेरा नाम लिख दिया...*

अब भी रेडियो पर बजते इस गीत पर तख्ते टूटते होंगे क्या? स्टेशन से आते हुए रिक्शे वाले को खुसरोबाग से होकर निकालने को कहता हूँ। वह अचरज से देखता है पर मेरी नज़रें सुधी का मनुहार करते चन्दर को ढूँढ़ रही हैं। रिक्शे वाला पूछता है पर मैं अनसुना कर देता हूँ।

आरती आज संगम में नहाऊँगा। अपने जीवन का संगम शायद अगले जनम में हो ही जाए।

तुम्हारा मैं,

समर

आरती के आँसुओं से चिट्ठी गीली होती रही।

मेरे समर,

किसी को खोकर कैसे पाते हैं, यह अब जाना। मैं तुम्हें अपने पास पाती हूँ, हर घड़ी... हर जगह। बिना किसी भय के, बिना किसी प्रयास के। एक बात तुम्हें बताना भूल गई। मैंने अपने फोन से पासवर्ड हटा दिया है। मौसम बदल रहा है। वासंती रुत कितनी अच्छी होती है ना। तुम कुछ लिखना वसंत पर, फेसबुक पर अभी भी कविताएँ लिखते हो या किताब लाने की तैयारी में हो?

जैसा हो बताना।

तुम्हारी,

आरती

मेरी तुम,

मैं अब कविताएँ नहीं लिखता। बस तुम्हें चिट्ठी लिखता हूँ। तुमने फोन से पासवर्ड हटाया, मैंने फोन ही हटा दिया है। ऑफ़िस से

सीधे घर, घर से ऑफ़िस। किसी को बात करनी हो तो रश्मि के फोन से ही बात होती है। शुद्ध गृहस्थ हो गया हूँ। सुबह दूध लाना और शाम को सब्ज़ी। सबको ख़ुश रखता हूँ... तुम्हें छोड़कर।

तुम्हारा मैं,

समर

इंटरनेट के ज़माने में दो लोग चिट्ठियाँ लिखते रहे, चिट्ठियाँ पढ़ते रहे, मुस्कुराते रहे, रोते रहे... फिर चिट्ठियों को आग लगाते रहे।

मौसम बदलते रहे। जुलाई की एक शाम समर बालकनी में बैठा बादल को घिरते देख रहा था। कई दिन हो गए थे, आरती की कोई चिट्ठी उसे नहीं मिली। वह अपने अंदर की बेचैनी को कई दिनों से इग्नोर कर रहा था पर आज अंदर का गुबार संभाल नहीं पा रहा था। धीरे-धीरे काले बादलों ने आसमान ढँक लिया और हवा में नमी बढ़ गई। समर अपने बदन को छूती हवाओं के ठंडेपन को अंतस में सहेज लेना चाहता था। हवाओं के साथ बूँदें गिरने लगीं। वह बालकनी से हाथ बढ़ाकर बूँदों को हथेली पर लेने लगा। हवाएँ तेज़ होने लगीं। समर ने अपनी शर्ट उतार दी और बूँदें उसके चेहरे से लेकर सीने तक को भिगोने लगीं। उसने रेडियो ऑन कर दिया। विविध भारती पर बारिश के गीत बज रहे थे...

रिमझिम गिरे सावन सुलग सुलग जाए मन...

सच में समर का बदन तो भीग रहा था पर अंदर ही अंदर कुछ सुलग भी रहा था। कितनी बरसातें हुईं पर मन का सूखापन ख़त्म न हुआ। उसने एक ठंडी साँस ली और मन-ही-मन कहा, 'आरती, तुमने मेरे मौसम छीन लिए... जानती हो न बारिश मेरी फेवरेट है...'

अंतिम शब्द समर के होंठ से निकल पड़े।

रश्मि ने सुन लिया और पास आकर बोली, '...हाँ जानती हूँ, तुम्हें बारिश बहुत पसंद है। अच्छा तुम यहाँ बैठो, मैं तुम्हें चाय पिलाती हूँ अदरक वाली।' और वह किचन में चाय बनाने चली गई।

बारिश अपने शबाब पर थी। पेड़ों की शाखाओं से पत्तों से पानी झर-झर गिर रहा था। पत्तों के नए किल्ले मुँह खोलकर मानो जनम की प्यास बुझा रहे हों। बारिश सबकी प्यास बुझाती रही। धरती का हृदय बूँद-बूँद भर रहा था पर कहीं कुछ ख़ाली भी हो रहा था।

रश्मि चाय लेकर आई।

'क्या सोच रहे हो?'

'कुछ नहीं। बस सोच रहा था कि यह बरसात भी गई। क्या पता अगली देखने को मिले या न मिले। शहर में तो सारे मौसम एक जैसे लगने लगते हैं।' समर चाय पीते हुए बोला।

'कैसी बातें करते हो। अगली बारिश क्यों नहीं देखने को मिलेगी?'

'मेरा मतलब था कि शायद बरसात ख़त्म हो जाएगी, शायद आसमान से बर्फ गिरने लगेगी, शायद बादल धरती पर सीधे उतर आएँगे और पानी बन जाएँगे।' समर आसमान देखते हुए बोला।

'कुछ भी सोचते हो।' रश्मि ने बात को दूसरी तरफ मोड़ने का प्रयास किया।

एक दिन जब समर ऑफ़िस के बाद घर पहुँचा तो उसे अपनी आँखों पर विश्वास नहीं हुआ। आरती ने दरवाज़ा खोला। वह आरती से कुछ पूछता, देखा अंदर प्रकाश बैठा था, साथ में रश्मि भी।

'आइए, समर बाबू। चौंक गए होंगे कि हम यहाँ क्या कर रहे हैं? है ना?' समर ने रश्मि की तरफ देखा। उसके हाथ में कोई काग़ज़ था। रश्मि ने वह काग़ज़ समर की ओर बढ़ा दिया। वह आरती की चिट्ठी थी। समर के चेहरे पर हवाइयाँ उड़ने लगीं।

'यह चिट्ठी चतुर्वेदी जी से मिली। पैसा लगा पर आप लोगों के छल सामने आ गए।' प्रकाश ने बात पूरी की।

आरती सिर झुकाए बैठी थी, रश्मि सिसक रही थी और समर छत की ओर देखे जा रहा था।

'आपको दो परिवार बर्बाद करके क्या मिला, समर बाबू?'

समर की निगाह रश्मि पर थी। उसके गाल पर आँसुओं की धार के निशान बने थे। फिर वह प्रकाश की आँखों में आँखें डाल कर बोला, 'क्या चाहते हो?'

'हम जो चाहते थे और हमने आपको मौका भी दिया कि आप मेरी बीवी का पीछा छोड़ दें पर आप तो बहुत बड़े वाले आशिक निकले। ऐसा ऐतिहासिक इश्क़ तो भई ना देखा, न सुना...क्यों न...'

प्रकाश अपनी बात पूरी कर पाता तब तक आरती चिल्ला उठी, 'प्रकाश! चुप हो जाओ, तुम कुछ भी कहो पर मेरे और त्रिपाठी जी के सम्बन्धों के ग्रेस पर कुछ न बोलो।'

'ठीक है, मैं नहीं बोलूँगा। अब मिसेज त्रिपाठी ही कुछ बोलेंगी।'

'नहीं, मैं अब मिसेज त्रिपाठी नहीं रही। वह अधिकार आरती ने छीन लिया। अब यह तमगा इसी को मुबारक। आरती प्लीज़ बी रेडी टू बी मिसेज त्रिपाठी।'

'मुझे किसी टैग की ज़रूरत नहीं।' आरती ने रूखे शब्दों में कहा।

'एक्जैक्टली यही बात है। यह औरत मज़े भी लेगी और उस पर जवाबदेही भी नहीं चाहेगी।' रश्मि अबकी बार चिल्ला पड़ी।

'मज़े लेना होता तो क्या मैं आरती से मिलना बंद करता या तुम्हारे पास रहता। एक बात और स्पष्ट कर दूँ कि हमने अपनी सीमा रेखा ख़ुद बाँधी थी कि हम नहीं मिलेंगे। मैं सामाजिक मर्यादा नहीं तोड़ना चाहता। अगर अब तुम सब इस पर उतारू ही हो तो अब सोच लो कि क्या होना चाहिए? बता दो।' समर ने सपाट शब्दों में कहा।

'आप मेरी बीवी को भूल जाइए, आज के बाद इसका नाम भी याद नहीं रहेगा आपको।' प्रकाश बोला।

'ये तो संभव नहीं। मैं चाह कर भी नहीं कर पाऊँगा।'

'तो फिर मुझे तलाक दे दो और इसे अपनी बीवी बना लो।'

'ये भी संभव नहीं।'

'लेकिन मैं अब तुम्हारे साथ नहीं रहूँगी।'

'मर्ज़ी तुम्हारी।'

'और मैडम टीचर जी, मैं किसी नागिन के साथ रह लूँगा पर आपके साथ तो कतई नहीं। झूठे इंसान के साथ रहना मुझे गवारा नहीं। स्कूल के बच्चों को पता नहीं क्या शिक्षा देती होगी। मेरे बच्चे भी इसके साथ रह कर बिगड़ जाएँगे। मैं तो कहता हूँ कि स्कूल में मास्टरनियों को तो रखना ही नहीं चाहिए। आजकल विद्यालय नहीं विषालय खुल गए हैं जहाँ ये विषधारी नागिनें पढ़ाने के नाम पर लार टपकाना सिखाती हैं, ब्लडी बि...।' प्रकाश चीख कर बोला।

'शट अप।' आरती ज़ोर से चीखी और तेज़ी से दरवाज़े से बाहर निकल गई।

उसे बाहर जाते देख समर उसके पीछे भागा।

'कहाँ जा रही?'

'तुम मेरे साथ हो कि नहीं?'

'साथ ना होता तो यार तुम्हारे साथ क्यों आता।'

आरती समर के सीने से लग फफक कर रो पड़ी।

'मैं उनके साथ नहीं रहूँगी। बिल्कुल भी नहीं, मेरे लिए कोई रूम की व्यवस्था कर दो अभी।'

'पागल हो, ये सब थम जाएगा।'

'नहीं, तुम अगर रूम की व्यवस्था नहीं करोगे तो मैं ख़ुद कर लूँगी।' आरती ने गुस्से से कहा।

समर ने उसका हाथ छोड़ दिया, 'पक्का?'

आरती रुक गई। फिर उसने समर का हाथ पकड़ा और बोली, 'नहीं, रूम तो अलग ही लेना है, मैं वहाँ नहीं जाऊँगी। मैं अपने बच्चों को पाल लूँगी, आई मीन इट।'

'अभी तुम क्या करोगी?'

'मैं अपने बच्चों को लेने जा रही हूँ। जब तक तुम मेरे लिए कोई रूम का अरेंजमेंट नहीं कर देते, होटल में रह लूँगी।'

'ठीक है, अभी मैं होटल में एक रूम बुक कर देता हूँ बाकी कल फ्लैट देख लूँगा।'

आरती ने घर जाकर विभु और कुहू को लिया। उनके कपड़े और किताबें ली। अपने कुछ सामान लिए, तब तक समर ने एक होटल में रूम की बुकिंग करवा दी।

♥

'ये कहाँ गए होंगे?' प्रकाश अभी भी समर के घर बैठा था।

'पता नहीं पर मिस्टर त्रिपाठी शायद अब नहीं आएँगे मेरे पास।'

'क्यों?'

'मैं जानती हूँ उन्हें। वह एक बार जहाँ से चले जाएँ, वहाँ दुबारा वापस नहीं आते।'

'अब?'

'आप घर जाइए, जो होगा सो देखा जाएगा।'

प्रकाश जैसे ही उठा, आरती का फोन आया। उससे बात करने के बाद वह धम्म से सोफे पर गिर पड़ा।

'क्या हुआ, भाई साहब?'

'आरती घर छोड़ कर चली गई है, बच्चों को लेकर गई है।'

'कहाँ गई?'

'बोल रही है, अलग रूम लेकर रहूँगी।'

'तो रहने दीजिए, हम भी तो यही चाहते हैं।'

'मेरा तो उस औरत को देखने का भी मन नहीं करता पर वह मेरे बच्चों की माँ है और कभी हमने प्यार भी किया था मिसेज त्रि...' कहते-कहते प्रकाश की आवाज़ भारी हो गई।

इतने में समर घर में दाख़िल हुआ।

'तुम रहो आराम से इस घर में। वैसे भी मेरी कम्पनी मुझे घर दे रही थी, तुमने वन बीएचके कहकर मना कर दिया था।' समर सीधे अपने कपड़े और कुछ ज़रूरी काग़ज़ समेटते हुए बोला।

रश्मि बुत बनी समर को जाते हुए देखती रही, प्रकाश सोफे पर बैठा रहा। चुप्पी रश्मि ने ही तोड़ी, 'आप घर जाइए, रात हो गई है। जो होगा देखा जाएगा।'

प्रकाश कुछ नहीं बोला और चुपचाप घर से बाहर चला गया।

'पापा कहाँ गए हैं?' सिद्धार्थ ने पूछा।

'आ जाएँगे। चलो तुम कुछ खा लो, फिर आराम करो। सुबह स्कूल जाना है।'

सिद्धार्थ को सुलाने के बाद रश्मि ड्राइँग रूम में आ गई। उसे लग रहा था जैसे दरवाज़े पर बेल बजेगी और समर हँसता हुआ अंदर आएगा। वह सोच रही थी काश एक बार, एक बार समर हँसते हुए अंदर आ जाए। जो हुआ वह सच नहीं। समर उसके बिना नहीं रह सकता और ना ही रश्मि समर के बिना रह सकती है, फिर यह सब क्यों हुआ। रश्मि रोने लगी। काफी देर तक वह समर को याद कर रोती रही।

सुबह आरती के पास प्रकाश का फोन आया।

'मैं ये नहीं पूछूँगा कि तुम कैसी हो पर बच्चे मेरे भी हैं, उनसे बात करा दो।'

'हाँ ठीक है पर बच्चों को हम कड़वाहट से दूर ही रखेंगे, इसका ध्यान रखना।'

आरती ने फोन बच्चों को पकड़ा दिया। काफी देर तक वो आपस में बात करते रहे, तब तक आरती स्कूल के लिए तैयार हो गई। विभु को स्कूल छोड़ा और कुहू को लेकर स्कूल पहुँची। स्कूल में ही प्री नर्सरी की सुविधा थी, उसे वहाँ पहुँचाया और प्रिंसिपल से बात कर उसकी व्यवस्था कर दी।

'हाफ डे ले लेना। फ्लैट अरेंज कर दिया है।'

'कहाँ?'

'यहीं तुम्हारे स्कूल के पास ही। मेरा भी ऑफ़िस पास रहेगा।'

'अच्छा और तुमने कहाँ लिया?'

'मैंने वहीं मॉडल टाउन में। घर के पास ही देखा है।'

'क्यों, यहाँ क्यों नहीं लिया?'

'सिद्धू की वजह से।'

'सिद्धू या कोई और...'

समर चुप रहा।

'हम अपने घर जा रहे हैं, मम्मी?' विभु ने आरती से पूछा।

'जहाँ मम्मी है, वहीं पर तुम्हारा घर है।' आरती ने थोड़ा सख्त होते हुए कहा।

'नहीं, मम्मी। जहाँ मम्मी और पापा दोनों होते हैं, बच्चों का वहाँ घर होता है।' विभु उदास स्वर में बोला।

आरती सन्न रह गई।

'पापा कब तक आएँगे, मम्मी?' कुहू ने पूछा।

'आ जाएँगे, बेटा। अभी हम लोग कुछ दिन मस्ती करेंगे, ठीक है।'

बच्चे कुछ नहीं बोले।

'कल छुट्टी ले लेना।' आरती ने रात में समर को मैसेज किया।

'ओके।' थोड़ी देर बाद जवाब आया।

'मैं बच्चों को स्कूल छोड़ कर आती हूँ तुम्हारे रूम पर, मुझे ज़रूरी बात करनी है।' सुबह आरती ने समर को फोन किया।

'ठीक है। मैं एड्रेस भेज देता हूँ।'

समर ने पता भेज दिया। उसे रात में नींद नहीं आई। वह ख़ुद बहुत सारी ज़रूरी बातों में उलझा रहा। अब आरती उससे आगे के ही जीवन के बारे में पूछेगी, यह बात पक्की है तो वह क्या जवाब देगा। जीवन में ये कैसा मोड़ आया है। क्या वह एक नई ज़िंदगी शुरू करने की हिम्मत कर रहा है। जीवन ब्लैक बोर्ड तो है नहीं कि रोज़ पुराने लिखे को मिटाकर नया लिखा जाए। फिर जीवन क्या है, रिश्ते क्या हैं। ख़ुशी कहाँ है? उसे सिद्धू की बहुत याद आ रही थी। वह सुबह उसके पेट पर लेट जाता था। आज उसे लग रहा कि कोई गीली सी भारी चीज़ उसके सीने और गर्दन के आसपास रखी है जिसे वह उठाकर अलग नहीं कर पा रहा है। उसका हाथ अपने आप फोन पर गया और उसने रश्मि को फोन मिलाया।

उधर से फोन रिसीव नहीं हुआ। उसने दो तीन बार और ट्राई किया पर किसी ने फोन नहीं उठाया। उसका जी घबराने लगा।

उसने सोचा कि घर जाकर देखे पर स्वयं को नियंत्रित किया और आरती के आने का इंतज़ार करने लगा।

'आरती चुप क्यों हो? अब केवल मैं हूँ और तुम, धीरे-धीरे सारी चीज़ें ट्रैक पर आ जाएँगी।' समर आरती की ठोड़ी को अपनी उँगलियों से उठाते हुए बोला।

'समर, बच्चे ज़िद कर रहे कि उन्हें पापा के पास जाना है। कुहू तो ठीक पर विभु की आँखों में बहुत सारे सवाल हैं। ख़ैर, मैं समझाऊँगी उन्हें।'

'हाँ, उन्हें भी और ख़ुद को भी। आसान तो नहीं है अभी कुछ भी।'

'तुम कैसे करोगे खाने-पीने का। मुझे कुछ बर्तन लेने हैं, और भी थोड़ा-बहुत। तुम तैयार हो जाओ। बाहर ही कुछ खा लेंगे।' आरती ने कहा।

'मैं टिफ़िन लगवा लूँगा फ़िलहाल।'

थोड़ी देर बाद दोनों बाज़ार पहुँचे। वहाँ से कुछ सामान लेकर समर आरती को उसके घर छोड़ने गया।

'तुम बैठो, मैं चाय बनाकर लाती हूँ।'

समर बैठ गया। इतने में रश्मि का फोन आया।

'हेलो।' समर धीरे से बोला।

'सिद्धू की कोई चिंता नहीं करना। सिद्धू की वजह से कभी फोन नहीं करना। वह बिल्कुल ठीक है।' कहकर रश्मि ने फोन काट दिया।

'क्या हुआ?' आरती चाय लेकर आई।

'कुछ नहीं, रश्मि का फोन था।'

आरती कुछ नहीं बोली। चुपचाप दोनों चाय पीते रहे।

'तुम्हें किसी चीज़ की ज़रूरत हो तो बता देना। मैं अब घर जाकर सोऊँगा, मेरे सिर में हल्का-हल्का दर्द हो रहा है।'

'मैं दबा दूँ?' आरती ने कहा और समर का सिर अपनी गोद में रख कर हल्के-हल्के दबाने लगी। समर को नींद आ गई। आरती उसके बालों में हाथ फिराते-फिराते जाने क्यों फूट-फूट कर रोने लगी। समर की आँख खुल गई।

'क्या हुआ?'

'हम इस जनम में नहीं मिल पाएँगे। जो लिख गया है, उसे नहीं मिटा पाएँगे।'

समर ने उसे अपने गले से लगा लिया।

'चलो, मुँह धो लो। बच्चों की छुट्टी का टाइम हो रहा है।'

आरती उठी और तैयार होने लगी।

'भाई साहब, मुझे आपसे बहुत कोफ्त हो रही है। जब सब ठीक हो रहा था, त्रिपाठी जी मेरे पास आ चुके थे फिर आपको यह सब करने की क्यों सूझी? मुझे कुछ पता न चलता तो बेहतर था। कम-से-कम आज से बेहतर था।'

'हाँ, मुझे भी अब लगता है कि मैंने बहुत गलत किया। बच्चों से उनके माँ-बाप छिन गए।' प्रकाश सिर झुकाए बोला।

'आपको क्या लगता है, हमारा कुछ नहीं खोया?'

'नहीं, खोया तो बहुत कुछ है। पर यह सोच कर क्रोध भड़क जाता है कि उन्होंने हमें धोखा दिया। हमारे सम्बन्धों की कोई वैल्यू न रखी।'

'रखी तो थी पर हमने ही तवज्जो न दी।'

'आप तो उन्हीं को जस्टिफाई कर रही हैं।'

'आप अपनी पत्नी का नंबर दीजिए।'

'शायद अब वह मेरी पत्नी नहीं रही। जाने कितनी बार वह समर के साथ सोई...' कहते-कहते प्रकाश चुप हो गया और फोन निकाल कर नंबर बोलने लगा।

'आप उसे फोन करेंगी?'

'मैं जानना चाहती हूँ कि क्या उसने समर के साथ शादी कर ली या नहीं।'

'मतलब आपको अभी भी समर के लौट आने की उम्मीद है।'

'अगर आरती लौट आती है तो क्या आप उसे फिर से अपना सकते हैं?'

'मैं हार गया हूँ, मिसेज त्रिपाठी। मुझे अपने बच्चे याद आते हैं।' प्रकाश टूट गया और उसकी आवाज़ भर्रा गई।

समर भी ऐसे भावुक होता है। सारे मर्द एक जैसे होते हैं, क्या इसीलिए कहा जाता है... रश्मि सोचती रही।

'मैं रश्मि बोल रही हूँ। मैं हार गई तुमसे। तुम्हें जीत मुबारक हो, आरती।' सुबह-सुबह आरती के पास फोन आया।

'आपने किसलिए फोन किया है?'

'समर से शादी करने का कार्ड भिजवा देना। मैं सिद्धू को उसके पिता की शादी में ज़रूर ले आऊँगी।'

'सुबह-सुबह जली-कटी सुनाने के लिए फोन किया है?'

'इतना तो बहुत कम है। ख़ैर, समर से बात करा दो। सिद्धू को करनी है।'

'वह मेरे साथ नहीं रहते। मैं अलग रहती हूँ। आप उनके फोन पर फोन कर लीजिए।'

'झूठ मत बोलो। मैं उस आदमी से बात नहीं करना चाहती। तुम बात नहीं कराना चाहतीं सो अलग बात। एक बात सुनो... समर को कढ़ी-चावल बहुत पसंद है...' कहते-कहते रश्मि चुप हो गई। थोड़ी देर में फोन से सिसकने की आवाज़ आई और फोन कट गया।

'शाम को खाना यहीं खाते हुए जाना।' आरती ने समर को फोन किया।

'आज नहीं। कल के ऑफ़िस के काम निपटाने हैं। कल दोपहर में आकर लंच करेंगे क्योंकि कल क्लोजिंग है तो रात तक रुकना पड़ सकता है।' समर ने जवाब दिया।

रात में रश्मि ने कई बार सोचा कि समर से बात करे पर हर बार उसका हाथ फोन पर जाकर समर के नाम पर रुकता और वापस चला आता। अचानक मैसेज रिंग बजी। उसने देखा उसके बैंक एकाउंट में बीस हज़ार रुपये क्रेडिट हुए। फिर दूसरा मैसेज आया - 'फॉर सिद्धू एंड यू। इफ यू नीड एनीथिंग मोर, मैसेज मी।'

'आई नीड ओनली यू।' रश्मि ने टाइप किया और फोन ऑफ करके बहुत रोई।

समर ने जब मैसेज देखा तो उसने रश्मि को फोन मिलाया पर फोन तो स्विच ऑफ था।

अगले दिन जब वह आरती के पास लंच के लिए पहुँचा तो उसने देखा खाने में कढ़ी और चावल था।

उसने प्रश्नवाचक निगाहों से आरती की ओर देखा।

'तुम्हें पसंद है।'

'हाँ, बहुत पसंद है।'

‘कल रश्मि जी का फोन आया था।’

समर का जी भारी हो गया। वह बिना खाए ही उठ गया। आरती ने ज़बरदस्ती फिर बैठाया और अपने हाथों से खिलाने लगी। खिलाते-खिलाते एक क्षण के लिए उसके दिमाग में प्रकाश का ख़याल आया, *जाने कैसे होंगे...*

‘तुम प्रकाश के बारे में सोच रही हो ना?’

‘हाँ, तुमने कैसे जान लिया?’

‘मुझसे अलग हो क्या? हम लोगों का आकाश भीगा है और धरती सूखी है। जो पुराना लिखा है, उसे कितना भी मिटाना चाहें, नहीं मिटा सकते क्योंकि वह मिटाना दोनों के दिल गवारा नहीं कर सकते। हम क्रूर और स्वार्थी नहीं। हम लोग उन प्राणियों में से हैं जो ख़ुद को दुःख देकर दूसरों के चेहरे पर ख़ुशी देखना पसंद करते हैं, फिर रश्मि और प्रकाश पर तो हमने अपना सर्वस्व वारा हुआ था।’

‘फिर हमारा क्या?’

‘हम अपनी आदत से मजबूर हैं, आरती। हमें एक साथ रहने के लिए शायद अगला जन्म लेना पड़ेगा।’ समर आरती से लिपट कर रोने लगा।

आरती ने उसे गले लगा लिया। थोड़ी देर दोनों ख़ामोश रहे।

‘तुम बताओ मुझे क्या करना है?’

‘घर जाओ और मैं भी जाऊँगा। जो हो गया, उन लोगों को भी पता है। यह बहुत अच्छा हुआ। हम पर अब कोई बोझ नहीं। यही रास्ता बचा, इसके सिवा कुछ और नहीं।’

'तुम मुझे जाने को कह रहे हो?'

'नहीं, मुझसे दूर जाने को नहीं कह रहा। वह तुम मुझसे या मैं तुमसे दूर जा ही नहीं सकता क्योंकि हम उनसे भी दूर नहीं जा पा रहे जिनसे जाना था। दूर जाना हमारी नीयत नहीं। हम अपनी प्रकृति के विपरीत नहीं जा सकते। हम एक-दूसरे से न मिल पाने के दुःख के साथ यह जीवन बिताएँगे। यही दुःख हमारे जीवन की पूँजी है।'

'मुझसे वादा करो। एक बरस में मुझे फ़रवरी के दो दिन तुम्हारे साथ चाहिए और आख़िरी वक्त में मेरे सामने तुम्हारा चेहरा चाहिए। इतने से पाप के लिए मुझे अनुमति दे दो।'

समर ने आरती के माथे को चूम लिया।

...और उसके बाद फ़रवरी के दो दिन सारी दुनिया के लिए ख़त्म हो गए। वे दिन कैलेंडर से निकल कर एक पन्ने के दो पेज बन गए जिसके एक तरफ आरती तो दूसरी तरफ समर लिखा है।